LE

TEMPLE DE GNIDE

CÉPHISE ET L'AMOUR

ARSACE ET ISMÉNIE

TIRAGE A PETIT NOMBRE.

Il a été fait un tirage spécial de :

30 exemplaires sur papier de Chine (Nos 1 à 30).
30 — sur papier Whatman (Nos 31 à 60).

60 exemplaires, numérotés.

MONTESQUIEU

LE

TEMPLE DE GNIDE

SUIVI DE

CÉPHISE ET L'AMOUR

ET DE

ARSACE ET ISMÉNIE

INTRODUCTION PAR F. DE MARESCOT

PARIS

LIBRAIRIE DES BIBLIOPHILES

Rue Saint-Honoré, 338

M DCCC LXXV

INTRODUCTION

Louis XIV *était mort, et la France avait vu s'achever, sous l'austérité tardive du Grand Roi et de madame de Maintenon, un règne signalé presque à son aurore par les galanteries nombreuses du jeune monarque. A la dernière heure, les guerres lamentables et les désastres s'étaient succédé sans relâche, comme pour obscurcir un passé rempli d'une gloire étonnante et d'éclatants souvenirs. Tant de revers entassés et sans trêve avaient apporté un apparent malaise dans cet esprit français qui avait su jusques alors résister aux plus funestes événements.*

Sous l'influence d'étroites inspirations, Racine avait tâché de faire oublier les ardeurs inassouvies de Phèdre en se tournant vers la tragédie religieuse. Le rire menaçait de disparaître pour longtemps de la scène française, et dans les premiers jours de septembre 1709, la mort avait enlevé Regnard au moment même où son talent annonçait un émule de Molière.

Tenue, durant les dernières années de Louis XIV, sous une tutelle rigoureuse et austère, la France aspirait avec impatience à l'heure de son émancipation : celle-ci fut aussi excessive que la contrainte avait été pénible. L'époque qui suivit la mort du Roi, fut un temps de frivolité et de licence extrême. Il y eut, avant l'heure de l'épuisement, qui ne fut pas longue à survenir, une exagération incroyable dans les déréglements qui accompagnèrent ce réveil des plus néfastes : exagération dans la dépravation des mœurs, exagération dans certaines productions littéraires qui dépassèrent peu à peu toutes les bornes.

*L'*Art d'aimer*, ce poëme assurément inoffensif et encore réservé, préludait timidement aux vers plus sensuels et profondément libertins de Parny. Des personnages des plus graves, comme poussés par ce courant irrésistible, trouvaient tout simple de se délasser de travaux et de devoirs austères, en mettant au jour des œuvres qui ont mérité, et quelquefois à bon droit, l'épithète d'érotiques. Le* *voile d'anonyme qui les couvrait n'était pas une excuse suffisante, et, malgré cette atténuation sans valeur, elles complétaient insensiblement le bagage de la littérature immorale et fade que vit éclore la fin du XVIIIe siècle. En hébétant les esprits, en les corrompant d'une manière fatale, cette sorte d'écrits dut mettre dans les âmes trop faibles la démence et la férocité stupide qui marquèrent les journées sinistres de la Révolution. Celle-ci était destinée à être l'épilogue sanglant de la Régence, du règne essentiellement galant de Louis XV, et de toutes ces années trop remplies de vice et d'impureté.*

Les idées nouvelles de Montesquieu, de Voltaire, de Rousseau, de Diderot, les hardiesses comiques de Beaumarchais préparèrent indiscutablement les réformes et les événements qui constituent les côtés utiles du mouvement de 1789; mais il faut de même reporter aux ravages causés par la littérature énervante de cette époque licencieuse du XVIIIe siècle les scènes de meurtre et de carnage qui changèrent trop vite la Révolution en une période de sanglante folie. Les bourreaux — et parmi eux l'on compte des poètes libertins — avaient succédé aux philosophes : quant à ces derniers, la suite des événements fait parfois oublier qu'ils payèrent de la vie leurs dangereuses illusions.

En dépit de la grandeur et du génie, qui sont

ses plus indiscutables caractères, l'œuvre de Montesquieu n'est cependant pas exempte de tentatives littéraires marquées au coin de cette galanterie affectée et souvent trop libre qui fut tellement à la mode à la fin du siècle dernier.

Les deux ouvrages que nous réimprimons, LE TEMPLE DE GNIDE *et* ARSACE ET ISMÉNIE *ont été jugés avec une égale sévérité par les critiques nombreux qui se sont jusqu'à ce jour occupés de l'auteur de l'*ESPRIT DES LOIS. *Après avoir accordé sans réserve à Montesquieu tous les éloges, ils ne lui ont pas ménagé les appréciations les plus sévères en parlant de ces deux productions, qu'il ne faut pas à coup sûr placer au-dessus des autres écrits de leur auteur. Si l'on tentait de les reléguer dans un oubli sans appel, ce serait, croyons-nous, une exagération d'une autre nature, et d'Alembert, dont le jugement a été en cette occurrence moins sévère que celui de ses contemporains, a dit avec sagesse, en parlant du poëme en prose intitulé* LE TEMPLE DE GNIDE, *qu'il dépendait des écrivains les plus célèbres dans ce genre de fixer le rang qu'il devait occuper, et qu'il méritait de pareils juges*[1].

Plus tard, dans un supplément destiné à com-

---

1. *Éloge de Montesquieu*, par d'Alembert. (*Encyclopédie*, tome V, 1755.)

pléter son ÉLOGE DE MONTESQUIEU[1], *d'Alembert citait, après l'avoir approuvé sans réserve, le jugement que La Harpe avait porté sur le* TEMPLE DE GNIDE, *le déclarant dicté par la vérité et par le bon goût. L'opinion de La Harpe était néanmoins des plus sévères et émaillée de critiques assez vives : seule la conclusion était exacte et juste en appelant le* TEMPLE DE GNIDE « *une bagatelle ingénieuse, décorée du nom d'un homme de génie* ». *C'était là bien juger.*

Quand la gloire d'un écrivain a pu atteindre, presque de son vivant, les hauteurs où celle de Montesquieu est parvenue, il sera toujours utile de remettre au jour les moindres de ses productions. Il convient de les préserver de l'oubli, de les isoler — pour leur plus grand avantage — de l'œuvre générale et de leur attirer un peu de cet éclat qui entoure les écrits d'une importance plus considérable.

*Avant de devenir un philosophe de premier ordre, l'auteur de l'*ESPRIT DES LOIS, *qui méprisait cependant quelque peu la poésie et les poëtes*[2],

---

1. Ce supplément se trouve dans une édition des ŒUVRES DE D'ALEMBERT publiée à Paris en 1805. Il vient à la suite de l'*Éloge de Montesquieu*.

2. « Ces auteurs dont le métier est de mettre des entraves au bon sens, et d'accabler la raison sous les agréments, comme on ensevelissoit autrefois les femmes sous

s'adonna plus d'une fois à ces compositions brillantes et faciles en apparence et dans lesquelles la fiction et l'esprit entraient pour la part la plus grande. Ce sont des œuvres des plus légères, mais qui nous conservent le souvenir et le vivant cachet de cette littérature frivole qui tenta, presque sans exception, à cette époque, les esprits les plus élevés. De telles frivolités, quand elles atteignent la perfection qui caractérise quelques-uns des écrits de cette nature, ont encore droit à notre entière admiration. Dans le TEMPLE DE GNIDE, *dans* ARSACE ET ISMÉNIE, *Montesquieu, à côté de passages diffus et trop pleins de recherche, a semé des pages exquises qu'on ne pourra s'empêcher de relire avec le plus grand charme, et que caractérisent déjà la profondeur de pensée et la haute sagesse qui constituent le meilleur de son talent. En abandonnant de temps à autre ses études et ses méditations philosophiques pour s'appliquer à ces écrits plus simples, mais non moins travaillés, il semblait avoir souci de nous garder les traditions du beau style et de cet esprit de bon goût et de*

---

leurs parures et leurs ornements. » (*Lettres persanes*, lettre CXXXVII.) Voltaire ne pardonnait pas à Montesquieu d'avoir parlé des poëtes dans ces termes. Quand on lui reprochait les traits qu'il lançait contre l'auteur du *Temple de Gnide*, il se contentait de répondre : « Il est coupable de lèse-poésie. » (Voir La Harpe, Paris, Didot, gr. in-8, t. III, p. 262.)

bon ton qui a disparu de nos jours pour prendre des allures tout à fait contraires.

Aujourd'hui l'esprit n'est pas toujours de très-bonne compagnie, ainsi qu'il sut toujours le rester au XVIIIe siècle, et la plaisanterie moderne frise presque toujours la trivialité ou le manque de savoir-vivre. La société, à l'époque où vivait Montesquieu, était assurément très-dissolue et engagée dans une voie funeste, mais, après avoir mis de côté les mièvreries et le précieux du XVIIe siècle, elle avait su s'approprier un ton, des manières et un charme indéniables, qu'on a remplacés aujourd'hui par le sans façon ou par une familiarité outrée.

Nous devons à présent rappeler les conditions et les circonstances dans lesquelles sortirent de la plume de Montesquieu les deux ouvrages que nous avons jugés dignes de faire partie de la Collection des petits chefs-d'œuvre. Ils montreront sous un jour nouveau les aptitudes diverses d'un écrivain de premier ordre que la réflexion et l'étude avaient rendu supérieur à tous, et qui ne se présente d'ordinaire à nous que sous l'apparence d'une gravité imposante.

C'est en 1725 que parut, mais sans nom d'auteur, le TEMPLE DE GNIDE. *Le privilége du Roi porte la date du 29 janvier et l'édition originale, celle-là même que nous reproduisons, ne fait mention d'aucun achevé d'imprimer. On peut approxi-*

mativement reporter au mois d'avril 1725 la date de l'apparition du volume qui fut publié à Paris chez Simart. Celui-ci logeait « rüe Saint-Jacques, au Dauphin ».

L'ouvrage était offert au public sous le voile de l'anonyme : il en avait été de même déjà en 1721 pour les LETTRES PERSANES, *mais les contemporains au courant de toutes choses ne pouvaient s'y tromper. Montesquieu était déjà assez connu pour qu'un ouvrage de lui ne passât pas inaperçu et pour qu'il lui fût sans peine attribué du moment qu'il en était l'auteur. Au reste, si le moindre doute s'élevait à cet égard, nous trouverions facilement dans la correspondance de Montesquieu certains passages parfaitement explicites qui dévoilent le mystère et qui ne laissent aucun doute sur la paternité de l'œuvre qui nous occupe. Le 26 avril 1738, à propos d'une réimpression du* TEMPLE DE GNIDE *accompagnée des* AMES RIVALES *de Moncrif, Montesquieu écrivait à celui-ci la lettre suivante*[1] *:*

J'oubliai d'avoir l'honneur de vous dire, Monsieur, que si le sieur Preau[2], dans l'édition de ce petit roman[3], al-

---

1. Montesquieu, édition publiée par L. Parelle, tome VIII, p. 222. (Paris, chez Lefèvre, 1826, in-8.)

2. Prault, imprimeur-libraire.

3. Ce petit roman est le *Temple de Gnide*.

loit mettre quelque chose qui, directement ou indirectement, pût faire penser que j'en suis l'auteur, il me désobligeroit beaucoup. Je suis, à l'égard des ouvrages qu'on m'a attribués, comme la Fontaine-Martel étoit pour les ridicules ; on me les donne, mais je ne les prends point. Mille excuses, Monsieur, et faites-moi l'honneur de me croire, Monsieur, plus que je ne saurois vous dire, votre très humble et très obeissant serviteur.

On voit que dans ses lettres familières, Montesquieu avouait de bonne grâce être l'auteur du TEMPLE DE GNIDE ; *mais comme il ne désirait pas que la chose fût le secret de tous, il ne faisait cette confidence qu'à certains intimes. Peut-être que les mésaventures qui avaient suivi la publication des* LETTRES PERSANES, *l'avaient rendu à ce point prudent et modeste. Il se contentait d'un succès anonyme, bien qu'il n'eût plus à garder les mêmes ménagements que par le passé. Conseiller au parlement de Bordeaux le 24 février 1714, président à mortier le 13 juillet 1716, par suite de la mort d'un oncle, Montesquieu ne fut magistrat que pendant une période de dix années et vendit sa charge en 1726. S'il faut s'en rapporter à ce qu'il dit lui-même au sujet de la carrière qu'il avait d'abord embrassée, mais non pas spontanément, il comprenait fort bien les questions en elles-mêmes, mais n'entendait rien à la procédure. Vainement s'y était-il appliqué, le dégoût était venu bien vite, et ce philosophe sans rival avait senti l'envahir une répulsion profonde pour sa charge à la vue du talent ou plutôt de l'habileté que possédaient autour de lui des hommes doués pourtant d'une intelligence des plus médiocres.*

Marié en 1715, l'année même de la mort de Louis XIV, qu'il devait dans son premier ouvrage attaquer avec une âpreté des plus rigoureuses[1], *Montesquieu avait été reçu membre de l'Académie de Bordeaux le 3 avril 1716. Dans les différents discours qu'il prononça au sein de ce cénacle littéraire d'une province qui avait déjà donné à la France Montaigne, une autre de ses gloires, Montesquieu avait à diverses reprises fait preuve de ce goût inné pour l'antiquité qui est le fond et aussi le caractère visible du poëme en prose intitulé* LE TEMPLE DE GNIDE. *L'allusion et l'image antiques comme les veines d'un marbre précieux, sillonnent les rapports que Montesquieu lisait devant les membres de l'Académie de Bordeaux. Celle-ci, comme si elle avait deviné d'avance le génie futur de l'auteur de l'*ESPRIT DES LOIS, *lui avait ouvert ses portes dix ans avant l'heure qui devait marquer l'entrée de Montesquieu dans une compagnie plus illustre qui siégeait à Paris de par*

1. *Lettres persanes.* Voyez la XXXVIIe lettre, dans laquelle les fautes et les faiblesses de Louis XIV sont jugées avec une extrême sévérité.

la munificence et la protection du cardinal de Richelieu[1].

Dans sa préface qu'il intitule : Préface du traducteur, *Montesquieu suppose que le* TEMPLE DE GNIDE *n'est pas autre chose qu'un ouvrage tiré d'un manuscrit grec, et translaté en français ainsi que l'on disait au XVI*e *siècle. Dans ces mêmes pages il y a un trait mordant qui est chez l'auteur la marque d'un caractère satirique, déjà remarquable dans les deux volumes des* LETTRES PERSANES. *En parlant du* TEMPLE DE GNIDE *il s'exprime en ces termes : « On a trouvé des ouvrages jusque dans les tombeaux de leurs auteurs; et, ce qui est à peu près la même chose, on a trouvé celui-ci parmi les livres d'un Évêque Grec. » Malgré ces deux derniers mots, qui tentent d'affaiblir une pointe plus spirituelle que malveillante, les évêques français soucieux de transmettre à la postérité des mandements auxquels beaucoup d'entre eux donnaient alors des soins infinis, ne durent pas être très-flattés. Aucun écrivain ne trouve des charmes dans l'oubli de ses œuvres, et Montesquieu qui ne dédaignait pas un anonyme facile-*

1. A propos de l'entrée de l'auteur du *Temple de Gnide* à l'Académie française, on lira avec curiosité un petit fascicule intitulé : « Montesquieu, sa réception à l'Académie française, et la deuxième édition des *Lettres persanes.* » Paris, 1869, in-18.

ment trahi, ne se serait à coup sûr jamais contenté pour ses écrits de l'éternel silence du tombeau.

Sainte-Beuve, ce maître de la critique, qui joignait à un rare savoir un sens et un jugement parfaits, a dit que le TEMPLE DE GNIDE *était une erreur de goût et une méprise de talent. C'est, en d'autres termes, l'opinion déjà citée de La Harpe.*

Montesquieu composa le TEMPLE DE GNIDE *pour plaire à mademoiselle de Clermont, princesse du sang de Condé. Il avait à ce moment trente-cinq ans et un penchant singulièrement prononcé pour les fadeurs : parmi celles-ci on peut ranger le poëme en prose qui nous occupe. Montesquieu, le galant par excellence, le plus aimable des anciens présidents à mortier, était, en dépit de sa solide philosophie, très-facilement sous le charme. Les femmes ayant ordonné, et ordonné avec ce ton exquis et divinement gracieux qui était le propre et le langage habituel d'une société trop vite disparue, il fallait obéir et s'exécuter sans retard. Ennemi naturel de la poésie et des versificateurs, Montesquieu écrivit en prose ce poëme, qui dut incontestablement lui coûter une peine et un soin très-grands[1].*

---

1. Il y a dans le *Temple de Gnide* certaines phrases qui feraient croire que l'ouvrage a d'abord été écrit en

Les femmes avaient toujours charmé ce remarquable génie, et il avait à ce point le désir et le souci de leur plaire qu'il corrigeait et recorrigeait sans cesse les lettres galantes qu'il leur adressait sans se faire beaucoup prier. Les brouillons de ces billets, raturés à l'excès, ont été retrouvés depuis et prouvent que le beau sexe occupa fort, pendant un temps toujours trop court, celui qui ne devait être plus tard qu'un travailleur austère, un profond philosophe vivant retiré en son château de La Brède, au sein des travaux les plus graves et les plus sérieux, et « oubliant en une heure de lecture les plus vifs chagrins. »

Sans prétendre effacer les jugements très-corrects portés jusqu'à ce jour sur le TEMPLE DE GNIDE, *il faut pourtant reconnaître que ce poëme est rempli de passages supérieurement écrits. Ils font oublier parfois des faiblesses ou des longueurs trop nombreuses.*

Les quelques lignes consacrées par Montesquieu à la description de la contrée de Gnide sont admirables. Au nombre des pages qui ont fait placer, à différentes reprises, parmi les œuvres dites éro-

---

vers. Voici par exemple un passage tout à fait poétique : « Mais j'en peins les richesses, et non pas les beautés. » Chant Ier.)

tiques[1] *le poëme de Montesquieu, on ne peut citer que la description de Sybaris ou celle de Lesbos. Les derniers alinéas du VII*[e] *chant sont, il est vrai, parsemés de descriptions voluptueuses; mais le style en est encore réservé et suffisamment retenu, il atténue sensiblement ce passage, qui compterait à bon droit entre les meilleures inspirations de l'écrivain.*

A côté de cette recherche licencieuse, on trouve des expressions marquées au coin d'une superbe vigueur. Elles sont comme le reflet de l'auteur merveilleux qui devait écrire successivement les CONSIDÉRATIONS SUR LES CAUSES DE LA GRANDEUR DES ROMAINS ET DE LEUR DÉCADENCE, *l'*ESPRIT DES LOIS *et l'admirable morceau qui a pour titre* LYSIMAQUE. *Montesquieu a stigmatisé les habitants de Sybaris en quelques lignes qui pourraient seules faire oublier les défauts du* TEMPLE DE GNIDE.

La pièce qui vient après cet ouvrage, et que nous avons réimprimée conformément à l'édition princeps, est des plus faibles. C'est une œuvre maniérée et fade qui est tout à fait dans le mau-

1. Sur le faux titre d'une édition parue en 1821 (Paris, Marchands de nouveautés, in-32), on lit ces mots : *Bibliothèque d'amour*. Singulière désignation pour un ouvrage de Montesquieu !

*vais goût du temps. Avec la licence en plus, elle est pareille à ces contes précieux dont le XVII*e *siècle avait donné tant d'exemples, et elle en offre un modèle d'un mérite inférieur. Montesquieu dut hésiter longtemps avant de livrer à l'impression ces pages indignes de son talent : en les dissimulant à la fin du* TEMPLE DE GNIDE, *il trahissait des craintes et des hésitations légitimes.*

*Pour ce qui est d'*ARSACE *et* ISMÉNIE, *production supérieure, selon nous, au* TEMPLE DE GNIDE, *cet ouvrage, terminé dès 1754, ne fut pas publié du vivant de Montesquieu mais parut seulement en 1783, par les soins du fils de l'auteur*[1]. *Ce dernier expliquait dans les termes suivants, à l'abbé de Guasco, la raison et les motifs de ses indécisions. « Tout bien pesé, je ne puis encore me déterminer à livrer mon roman d'*ARSACE *à l'imprimeur. Le triomphe de l'amour conjugal de l'Orient est peut-être trop éloigné de nos mœurs pour croire qu'il serait bien reçu en France. Je vous apporterai ce manuscrit; nous le lirons ensemble, et je le donnerai à lire, à quelques amis*[2].»

1. *Arsace et Isménie*, histoire orientale. 1783, Londres et Paris, G. de Bure, in-24.

2. Lettre de Montesquieu à l'abbé de Guasco, l'un de ses amis, en date du 15 décembre 1754. A cette époque Montesquieu se trouvait au château de la Brède.

Dans ARSACE ET ISMÉNIE, *les descriptions voluptueuses ne sont pas aussi fréquentes que dans le* TEMPLE DE GNIDE; *on y distingue de plus une noblesse et une puissance de style de beaucoup supérieures. L'exposition du caractère d'Aspar, l'énumération de ses vertus, sont des lignes d'une concision et d'une grandeur admirables. Il y a bien d'autres passages empreints des mêmes qualités, et il serait trop long de rapporter tous ceux qui méritent d'être cités. On lira et on relira peut-être ce poëme, bien au-dessus du mépris de La Harpe qui le comptait « pour rien ». L'invocation de la reine de Bactriane, le tableau de la cour du roi de Médie, sont des morceaux remarquables, et, de même que dans le* TEMPLE DE GNIDE, *on trouve dans* ARSACE ET ISMÉNIE *des lignes d'une poésie charmante. Dans ces œuvres de second ordre, la langue ne cesse pas d'être à la hauteur de celui qui la parle, et elle est tout à fait digne des idées qu'elle exprime.*

En rappelant les critiques qui accueillirent au dernier siècle, aussi bien que de nos jours, les deux productions de Montesquieu réimprimées par nous, nous avons cherché à adoucir la note et le caractère sévère de ces appréciations et tenté de montrer que, somme toute, ces deux écrits, malgré leurs défauts, renferment encore des beautés de premier ordre. Peut-être certains passages semblent-ils singuliers sous la plume d'un ancien magistrat;

*peut-être certaines idées étaient-elles étrangement placées dans le cerveau duquel devait un jour sortir l'*ESPRIT DES LOIS*; mais, au moment où il écrivit le* TEMPLE DE GNIDE, *Montesquieu, sous le charme des femmes de son entourage, reçu à l'envi chez toutes et flatté partout sans réserve, était aussi à cet âge où les scrupules sont les mêmes que plus tard, mais pourtant moins rigoureux. Il ne sut pas résister assez à l'épanchement d'une œuvre qu'il n'avait écrite — et c'est là son excuse s'il en avait besoin — que pour obéir à des ordres charmants. Dans la suite, sa pensée devait être plus discrète; il devait s'habituer à la retenir, sans céder aux obsessions futiles, et à la mûrir, pour les grands et nobles travaux qui ont fait seuls toute sa gloire.*

On n'osera jamais dire de Montesquieu qu'il recherchait le scandale. D'ailleurs, quand il écrivait ces poëmes, bien plus galants que libertins, il laissait encore entrevoir, à travers les tableaux les plus voluptueux, le grand philosophe qui savait, à son gré, oublier les méditations les plus profondes ou les occupations les plus graves pour obéir à des caprices littéraires dans lesquels se révèlent les différents caractères d'un esprit supérieurement doué.

Montesquieu sut abandonner assez tôt ce genre frivole, qui l'avait tenté sans jamais l'accaparer tout entier, et l'on peut dire de lui à ce sujet ce que lui-même disait de M. de Sacy dans son Discours de réception à l'Académie française : « Les qualités de l'esprit n'étoient chez lui que dans le second ordre : elles ornoient le mérite, mais ne le faisoient pas. »

F. DE MARESCOT.

Février 1875.

NOTA

Pour que nos lecteurs ne s'étonnent pas de la différence sensible qui existe dans l'aspect typographique et orthographique des ouvrages de Montesquieu que nous réimprimons, nous leur rappellerons qu'une période de cinquante-huit années s'écoula entre la publication du *Temple de Gnide* (1725) et celle d'*Arsace et Isménie* (1783). Durant ce temps l'orthographe ainsi que la typographie durent subir de nombreux et visibles changements.

La différence que nous signalons ici est une preuve du soin que nous avons mis à reproduire fidèlement les éditions princeps qui étaient sous nos yeux.

LE

TEMPLE DE GNIDE

PREFACE

DU TRADUCTEUR.

UN ambassadeur de France à la Porte Ottomane, connu par son gout pour les lettres, ayant achetté plusieurs manuscrits grecs, il les porta en France. Quelques-uns de ces manuscrits m'étant tombez entre les mains, j'y ai trouvé l'ouvrage dont je donne ici la traduction.

Peu de poëtes grecs sont venus jusqu'à nous, soit qu'ils ayent peri dans la ruine des bibliotheques, ou par la negligence des familles qui les possedoient.

Nous recouvrons de tems en tems quelques pieces de ces tresors. On a trouvé des ouvrages jusque dans les tombeaux de leurs auteurs; et, ce qui est à peu près la même chose, on a trouvé celui-ci parmi les livres d'un evêque grec.

Ce poëme ne ressemble à aucun ouvrage de ce genre que nous ayons.

Cependant les regles que les auteurs des poëtiques ont prises dans la nature s'y trouvent observées.

La description de Gnide, qui est dans le premier chant, est d'autant plus heureuse qu'elle fait, pour ainsi dire, naître le poëme; qu'elle est non pas un ornement du sujet, mais une partie du sujet même bien differente de ces descriptions que les anciens ont tant blamées, qui sont étrangeres et recherchées :

Purpureus, late qui splendeat, unus et alter
Assuitur pannus.

Les episodes du second et du troisieme chant naissent aussi du sujet, et le poëte s'est conduit avec tant d'art, que les ornemens de son poëme en sont aussi des parties necessaires.

Il n'y a pas moins d'art dans le quatrieme et le cinquieme chant. Le poëte, qui devoit faire reciter à Aristhée l'histoire de ses amours avec Camille, ne fait raconter au fils d'Antiloque ses avantures que jusques au moment qu'il a vû Thémire, afin de mettre de la varieté dans les recits.

L'histoire d'Aristhée et de Camille est singuliere, en ce qu'elle est uniquement une histoire de sentimens.

Le nœud se forme dans le sixieme chant,

et le denouëment se fait très heureusement dans le septieme par un seul regard de Thémire.

Le poëte n'entre pas dans le détail du racommodement d'Aristhée et de Camille: il en dit un mot afin qu'on sçache qu'il a été fait, et il n'en dit pas davantage pour ne pas tomber dans une uniformité vicieuse.

Le dessein du poëme est de faire voir que nous sommes heureux par les sentimens du cœur, et non pas par les plaisirs des sens; mais que notre bonheur n'est jamais si pur qu'il ne soit troublé par les accidents.

Il faut remarquer que les chants ne sont point distinguez dans la traduction : la raison en est que cette distinction ne se trouve pas dans le manuscrit grec qui est tres ancien. On s'est contenté de mettre une note à la marge au commencement de chaque chant.

On ne sçait ny le nom de l'autheur, ni le temps auquel il a vêcu : tout ce qu'on en peut dire, c'est qu'il n'est pas anterieur à Sapho, puis qu'il en parle dans son ouvrage : il y a même lieu de croire qu'il vivoit avant Terence, et que ce dernier a imité un passage qui est à la fin du second chant. Car il ne paroit pas que nôtre auteur soit plagiaire, au lieu que Terence a volé les Grecs, jusqu'à inserer dans une seule de ses comedies deux pieces de Menandre.

J'avois d'abord eu dessein de mettre l'original à côté de la traduction; mais on m'a conseillé d'en faire une édition à part et d'attendre les sçavantes notes qu'un homme d'érudition y prepare, et qui seront bien tôt en état de voir le jour.

Quant à ma traduction, elle est fidelle : j'ai crû que les beautez qui n'étoient point dans mon auteur n'étoient point des beautez; et j'ai pris l'expression qui n'étoit pas la meilleure, lorsqu'elle m'a paru mieux rendre sa pensée.

J'ay été encouragé à cette traduction par le succès qu'a eu celle du Tasse. Celui qui l'a faite ne trouvera pas mauvais que je coure la même carriere que lui : il s'y est distingué d'une maniere à ne rien craindre de ceux même à qui il a donné le plus d'émulation.

LE

TEMPLE DE GNIDE

PREMIER CHANT.

VENUS préfere le séjour de Gnide à celui de Paphos et d'Amathonte. Elle ne descend point de l'Olimpe sans venir parmi les Gnidiens. Elle a tellement accoutumé ce peuple heureux à sa vûe, qu'il ne sent plus cette horreur sacrée qu'inspire la presence des dieux. Quelquefois elle se couvre d'un nuage, et on la reconnoît à l'odeur divine qui sort de ses cheveux parfumez d'ambroisie.

La ville est au milieu d'une contrée sur la-

2

quelle les dieux ont versé leurs bienfaits à pleines mains. On y jouit d'un printems éternel; la terre, heureusement fertile, y prévient tous les souhaits; les troupeaux y paissent sans nombre; les vents semblent n'y regner que pour répandre par tout l'esprit des fleurs; les oiseaux y chantent sans cesse : vous diriez que les bois sont harmonieux; les ruisseaux murmurent dans les plaines; une chaleur douce fait tout éclore; l'air ne s'y respire qu'avec la volupté.

Auprès de la ville est le palais de Venus; Vulcain lui-même en a bâti les fondements. Il travailla pour son infidelle quand il voulut lui faire oublier le cruel affront qu'il lui fit devant les dieux.

Il me seroit impossible de donner une idée des charmes de ce palais : il n'y a que les Graces qui puissent décrire les choses qu'elles ont faites. L'or, l'azur, les rubis, les diamans, y brillent de toutes parts : mais j'en peints les richesses, et non pas les beautez.

Les jardins en sont enchantez : Flore et Pomone en ont pris soin; leurs Nimphes les cultivent. Les fruits y renaissent sous la main qui les cuëille; les fleurs succedent aux fruits. Quand Venus s'y promene, entourée de ses Gnidiennes, vous diriez que dans leurs jeux folâtres, elles vont détruire ces jardins delicieux; mais, par une vertu secrete, tout se répare en un instant.

Venus aime à voir les danses naïves des filles de Gnide; ses Nimphes se confondent avec elles. La déesse prend part à leurs jeux, elle se dépoüille de sa majesté : assise au milieu d'elles, elle voit regner dans leurs cœurs la joye et l'innocence.

On découvre de loin une grande prairie, toute parée de l'émail des fleurs. Le berger vient les cueillir avec sa bergere; mais celle qu'elle a trouvée est toujours la plus belle, et il croit que Flore l'a faite exprès.

Le fleuve Céphée arrose cette prairie et y fait mille détours. Il arrête les bergeres fugitives; il faut qu'elles donnent le tendre baiser qu'elles avoient promis.

Lorsque les Nimphes approchent de ses bords, il s'arrête, et ses flots qui fuyoient, trouvent des flots qui ne fuyent plus. Mais lorsqu'une d'elles se baigne, il est plus amoureux encore : ses eaux tournent autour d'elle; quelquefois il se soûleve pour l'embrasser mieux; il l'enleve, il fuit, il l'entraîne. Ses compagnes timides commencent à pleurer; mais il la soûtient sur ses flots, et, charmé d'un fardeau si cher, il la promene sur sa plaine liquide, jusqu'à ce qu'enfin, désesperé de la quitter, il la porte lentement sur le rivage, et console ses compagnes.

A côté de la prairie est un bois de mirthe, dont les routes font mille détours. Les amans y viennent se conter leurs peines : l'Amour, qui les amuse, les conduit par des routes toujours plus secrettes.

Non loin de-là est un bois antique et sacré où le jour n'entre qu'à peine : des chênes, qui semblent immortels, portent au ciel une tête qui se dérobe aux yeux. On y sent une frayeur religieuse : vous diriez que c'etoit la demeure des dieux, lorsque les hommes n'étoient pas encore sortis de la terre.

Quand on a trouvé la lumiere du jour, on monte une petite colline sur laquelle est le temple de Venus : l'univers n'a rien de plus saint ni de plus sacré que ce lieu.

Ce fut dans ce temple que Venus vit pour la premiere fois Adonis : le poison coula au cœur de la déesse. « Quoi ! dit-elle, j'aimerois un mortel ! Helas ! je sens que je l'adore : quoiqu'on ne m'adresse plus de vœux, il n'y a plus à Gnide d'autre dieu qu'Adonis. »

Ce fut dans ce lieu qu'elle appella les Amours, lorsque, piquée d'un deffi téméraire, elle les consulta avec les Graces. Elle étoit en doute si elle s'exposeroit nüe aux regards du berger troyen. Elle cacha sa ceinture sous ses cheveux, ses Nimphes la parfumerent; elle monta sur son char traîné par des cignes, arriva dans la Phrygie. Le berger balançoit entre Junon et Pallas; il la vit, et ses regards errerent et moururent. La pomme d'or tomba aux pieds de la déesse; il voulut parler, et son désordre decida.

Ce fut dans ce temple que la jeune Psichée vint avec sa mere, lorsque l'Amour, qui voloit autour des lambris dorez , fut surpris lui même par un de ses regards. Il sentit tous les maux qu'il fait souffrir. « C'est ainsi, dit-il, que je blesse! Je ne puis soutenir mon arc ni mes fleches. » Il tomba sur le sein de Psichée : « Ah! dit-il, je commence à sentir que je suis le dieu des plaisirs. »

Lorsqu'on entre dans ce temple, on sent dans le cœur un charme secret qu'il est impossible d'exprimer : l'ame est saisie de ces ravissemens que les dieux ne sentent eux mêmes que lorsqu'ils sont dans la demeure celeste.

Tout ce que la nature a de riant est joint à tout ce que l'art a pû imaginer de plus noble et de plus digne des dieux.

Une main, sans doute immortelle, l'a par tout orné de peintures qui semblent respirer. On y voit la naissance de Venus, le ravissement des dieux qui la virent, son embarras de se voir toute nüe, et cette pudeur qui est la premiere des graces.

On y voit les amours de Mars et de la déesse. Le peintre a representé le dieu sur son char, fier et même terrible : la Renommée vole autour de lui; la Peur et la Mort marchent devant ses coursiers couverts d'écume; il entre dans la mêlée, et une poussiere épaisse commence à le dérober. D'un autre coté, on le voit couché languissamment sur un lit de roses; il sourit à Venus : vous ne le reconnoissez qu'à quelques traits divins qui restent encore. Les Plaisirs font des guirlandes dont ils lient les deux amans : leurs yeux semblent se confondre; ils soupirent; et, attentifs l'un à l'autre, ils ne regardent pas les Amours qui se joüent autour d'eux.

Il y a un apartement separé, où le peintre a representé les Noces de Venus et de Vulcain : toute la cour celeste y est assemblée. Le dieu paroît moins sombre, mais aussi pensif qu'à l'ordinaire. La déesse regarde d'un air froid la joye commune; elle lui donne négligemment une main qui semble se dérober; elle retire de dessus lui des regards qui portent à peine, et se tourne du côté des Graces.

Dans un autre tableau on voit Junon qui fait la cérémonie du mariage. Venus prend la coupe, pour jurer à Vulcain une fidelité éternelle : les dieux sourient, et Vulcain l'écoute avec plaisir.

De l'autre côté, on voit le dieu impatient qui entraine sa divine epouse : elle fait tant de resistance que l'on croiroit que c'est la fille de Cerés que Pluton va ravir, si l'œil qui voit Venus pouvoit jamais se tromper.

Plus loin delà, on le voit qui l'enleve pour l'emporter sur le lit nuptial. Les dieux suivent en foule. La déesse se débat, et veut échapper des bras qui la tiennent : sa robe fuit ses genoux, la toile vole; mais Vulcain repare ce beau désordre, plus attentif à la cacher qu'ardent à la ravir.

Enfin on le voit qui vient de la poser sur le lit que l'Hymen a preparé ; il l'enferme dans les rideaux, et il croit l'y tenir pour jamais. La troupe importune se retire : il est charmé de la voir s'éloigner. Les déesses joüent entr'elles; mais les dieux paroissent tristes, et la tristesse de Mars a quelque chose d'aussi sombre que la noire jalousie.

Charmée de la magnificence de son temple, la déesse elle-même y a voulu établir son culte; elle en a reglé les cérémonies, institué les fêtes, et elle y est en même tems la divinité et la prêtresse.

Le culte qu'on lui rend presque par toute la terre est plutost une profanation qu'une religion. Elle a des temples où toutes les filles de la ville se prostituent en son honneur, et se font une dot des profits de leur dévotion. Il y en a d'autres où chaque femme mariée va une fois en sa vie se donner à celui qui la choisit, et jette dans le sanctuaire l'argent qu'elle a reçû. Il y en a d'autres où les courtisannes de tous les pays, plus honnorées que les matrones, vont porter leurs offrandes. Il y en a enfin où les hommes se font eunuques, et s'habillent en femme pour servir dans le sanctuaire, consacrant à la déesse et le sexe qu'ils n'ont plus et celui qu'ils ne peuvent pas avoir.

Mais elle a voulu que le peuple de Gnide eût un culte plus pur, et lui rendît des honneurs plus dignes d'elle. Là les sacrifices sont des soupirs, et les offrandes un cœur tendre. Chaque amant adresse ses vœux à sa maîtresse, et Venus les reçoit pour elle.

Par tout où se trouve la beauté, on l'adore comme Venus même : car la beauté est aussi divine qu'elle.

Les cœurs amoureux viennent dans le temple demander à la déesse de les attendrir encore.

Ceux qui sont accablez des rigueurs de leur maîtresse viennent soupirer dans le temple : ils sentent diminüer leurs tourmens et entrer dans leur cœur la flateuse esperance.

La déesse, qui a promis de faire le bonheur des vrais amans, le mesure toujours à leurs peines.

La jalousie est une passion qu'on peut avoir, mais qu'on doit taire. On adore en secret les caprices de sa maîtresse, comme on adore les decrets des dieux, qui deviennent plus justes lorsqu'on ose s'en plaindre.

On met au rang des faveurs divines le feu, les transports de l'amour et la fureur même : car moins on est maître de son cœur, plus il est à la déesse.

Ceux qui n'ont point donné leur cœur sont des profanes, qui ne peuvent pas entrer dans le temple : ils adressent de loin leurs vœux à la déesse, et lui demandent de les délivrer de cette liberté, qui n'est qu'une impuissance de former des desirs.

La déesse inspire aux filles de la modestie, et les fait estimer au prix que l'imagination, toujours prodigue, y sçait mettre.

Mais jamais, dans ces lieux fortunez, elles n'ont rougi d'une passion sincere, d'un sentiment naïf, d'un aveu tendre.

Le cœur fixe toujours lui-même le moment auquel il doit se rendre; mais c'est une profanation de se rendre sans aimer.

L'Amour est attentif à la félicité des Gnidiens; il choisit les traits dont il les blesse. Lorsqu'il voit une amante affligée, accablée des rigueurs d'un amant, il prend une fleche trempée dans les eaux du fleuve d'Oubli. Quand il voit deux amants qui commencent à s'aimer, il tire sans cesse sur eux de nouveaux traits. Quand il en voit dont l'amour s'affoiblit, il le fait soudain renaître ou mourir, car il épargne toujours les derniers jours d'une passion languissante : on ne passe point par les dégoûts avant de cesser d'aimer; mais de plus grandes douceurs font oublier les moindres.

L'Amour a ôté de son carquois les traits

cruels dont il blessa Phedre et Ariane, qui, mêlez d'amour et de haine, servent à montrer sa puissance, comme la foudre sert à faire connoître l'empire de Jupiter.

A mesure que le dieu donne de l'amour, Venus donne des graces.

Les filles entrent chaque jour dans le sanctuaire pour faire leur priere à Venus. Elles y expriment des sentimens naïfs comme le cœur qui les fait naître. « Reine d'Amathonte, disoit une d'elles, ma flâme pour Tircis est éteinte: je ne te demande pas de me rendre mon amour; fais seulement qu'Ixiphile m'aime. »

Une autre disoit tout bas: « Puissante déesse, donne-moi la force de cacher quelque tems mon amour à mon berger, pour augmenter le prix de l'aveu que je veux lui en faire. »

« Déesse de Cythere, disoit une autre, je cherche la solitude; les jeux de mes compagnes ne me plaisent plus : j'aime peut-être. Ah! si j'aime quelqu'un, ce ne peut être que Daphnis. »

Dans les jours de fêtes, les filles et les jeunes garçons viennent reciter des hymnes en l'honneur de Venus : souvent ils chantent sa gloire en chantant leurs amours.

Un jeune Gnidien, qui tenoit par la main sa maîtresse, chantoit ainsi : « Amour, lorsque tu vis Psiché, tu te blessas sans doute des mêmes traits dont tu viens de blesser mon cœur : ton bonheur n'étoit pas different du mien, car tu sentois mes feux, et moi j'ai senti tes plaisirs. »

J'ai vû tout ce que je décris. J'ai été à Gnide; j'y ai vû Themire, et je l'ai aimée; je l'ai vûe encore, et je l'ai aimée davantage. Je resterai toute ma vie à Gnide avec elle; mais que deviendrois-je si Venus alloit la prendre pour la mettre au nombre des Graces?

Nous irons dans le temple, et jamais il n'y sera entré un amant si fidele; nous irons dans le palais de Venus, et je croirai que c'est le palais de Themire; j'irai dans la prairie, et je cueillerai des fleurs que je mettrai sur son sein. Peut-être que je pourrai la conduire dans le boccage où tant de routes vont se confondre, et, quand je l'aurai égarée, je lui donnerai un baiser, et ce baiser me rendra si hardi..... L'Amour qui m'inspire me défend de reveler ses mysteres.

DEUXIEME CHANT.

IL y a à Gnide un antre sacré que les Nymphes habitent, où la déesse rend ses oracles. La terre ne mugit point sous les pieds; les cheveux ne se dressent point sur la tête; il n'y a point de prêtresse comme à Delphes, où Apollon agite la Pythie; mais Venus elle-même écoute les mortels, sans se joüer de leurs esperances ni de leurs craintes.

Une coquette de l'isle de Crete étoit venüe à Gnide; elle marchoit entourée de tous les jeunes Gnidiens : elle sourioit à l'un, parloit à l'oreille à l'autre, soutenoit son bras sur un troisiéme, crioit à deux autres de la suivre. Elle étoit belle et parée avec art ; le son de sa voix étoit imposteur comme ses yeux. O ciel ! que d'allarmes ne causa-t-elle point aux vrayes amantes ! Elle se présenta à l'oracle, aussi fiere que les déesses ; mais soudain nous entendimes une voix qui sortit du sanctuaire : « Perfide, comment oses-tu porter tes artifices jusques dans les lieux où je regne avec la candeur ? Je vais te punir d'une maniere cruelle : je t'ôterai tes charmes, mais je te laisserai le cœur comme il est ; tu appelleras tous les hommes que tu verras, ils te fuyront comme une ombre plaintive, et tu mourras accablée de refus et de mépris. »

Une courtisane de Nocretis vint ensuite, toute brillante des dépoüilles de ses amans : « Va, dit la déesse, tu te trompes, si tu crois faire la gloire de mon empire : ta beauté fait voir qu'il y a des plaisirs, mais elle ne les donne pas ; ton cœur est comme le fer ; et, quand tu verrois mon fils même, tu ne sçaurois l'aimer. Va prodiguer tes faveurs aux hommes lâches qui les demandent et qui s'en dégoutent ; va leur montrer des charmes que l'on voit soudain et que l'on pert pour toujours. Tu n'es propre qu'à faire mepriser ma puissance. »

Quelque tems après vint un homme riche, qui levoit les tributs du roi de Lydie. « Tu me demandes, dit la déesse, une chose que je ne sçaurois faire, quoique je sois la déesse de l'amour. Tu achetes des beautez pour les aimer, mais tu ne les aime pas, parce que tu les achettes. Tes tresors ne seront point inutiles ; ils serviront à te dégouter de tout ce qu'il y a de plus charmant dans la nature. »

Un jeune homme de Doride, nommé Aristée, se presenta ensuite : il avoit vû à Gnide la charmante Camille, il en étoit éperduement amoureux; il sentoit tout l'excès de son amour, et il venoit demander à Venus qu'il pût l'aimer davantage.

« Je connois ton cœur, lui dit la déesse; tu sçais aimer. J'ay trouvé Camille digne de toi : j'aurois pû la donner au plus grand roy du monde; mais les rois la meritent moins que les bergers. »

Je parus ensuite avec Themire. La déesse me dit : « Il n'y a point dans mon empire de mortel qui me soit plus soumis que toy : mais que veux tu que je fasse? Je ne sçaurois te rendre plus amoureux, ni Themire plus charmante. — Ah! lui dis-je, grande déesse, j'ai mille graces à vous demander : faites que Themire ne pense qu'à moy ; qu'elle ne voye que moi; qu'elle se reveille en songeant à moi; qu'elle craigne de me perdre quand je suis present ; qu'elle m'espere dans mon absence ; que, toujours charmée de me voir, elle regrette encore tous les momens qu'elle a passez sans moi. »

TROISIEME CHANT.

Il y a à Gnide des jeux sacrez qui se renouvellent tous les ans : les femmes y viennent de toutes parts disputer le prix de la beauté. Là, les bergeres sont confondües avec les filles des rois, car la beauté seule y porte les marques de l'empire. Venus y préside elle-même : elle decide sans balancer ; elle sçait bien qu'elle est la mortelle heureuse qu'elle a le plus favorisée.

Helene remporta ce prix plusieurs fois : elle triompha lorsque Thésée l'eut ravie ; elle triompha lorsqu'elle eut été enlevée par le fils de Priam ; elle triompha enfin lorsque les dieux l'eurent renduë à Ménelas après dix ans d'esperance. Ainsi ce prince, au jugement de Venus même, se vit aussi heureux époux que Thésée et Paris avoient été heureux amans.

Il vint trente filles de Corinthe, dont les cheveux tomboient à grosses boucles sur les épaules. Il en vint dix de Salamine, qui n'avoient encore vû que treize fois le cours du soleil. Il en vint quinze de l'isle de Lesbos ; et elles se disoient l'une à l'autre : « Je me sens toute émue ; il n'y a rien de si charmant que vous ; si Venus vous voit des mêmes yeux que moi, elle vous couronnera au milieu de toutes les beautez de l'univers. »

Il vint cinquante femmes de Milet : rien n'approchoit de la blancheur de leur teint et de la régularité de leurs traits ; tout faisoit voir ou promettoit un beau corps ; et les dieux, qui les formerent, n'auroient rien fait de plus digne d'eux, s'ils n'avoient plus cherché à leur donner des perfections que des graces.

Il vint cent femmes de l'isle de Chypre. « Nous avons, disoient-elles, passé notre jeunesse dans le temple de Venus ; nous lui avons consacré notre virginité et notre pudeur même ; nous ne rougissons point de nos charmes : nos manieres, quelquefois hardies et toujours libres, doivent nous donner de l'avantage sur une pudeur qui s'allarme sans cesse. »

Je vis les filles de la superbe Lacédemone : leur robe étoit ouverte par les côtez depuis la ceinture, de la maniere la plus immodeste; et cependant elles faisoient les prudes, et soutenoient qu'elles ne violoient la pudeur que par amour pour la patrie.

Mer fameuse par tant de naufrages, vous sçavez conserver des dépôts précieux ! Vous vous calmates lorsque le navire Argo porta la Toison d'or sur votre plaine liquide, et lorsque cinquante beautez sont parties de Colchos et se sont confiées à vous, vous vous êtes courbée sous elles.

Je vis aussi Oriane, semblable aux déesses : toutes les beautez de Lydie entouroient leur reine. Elle avoit envoyé devant elle cent jeunes filles qui avoient présenté à Venus une offrande de deux cens talens. Candaule étoit venu lui-même, plus distingué par son amour que par la pourpre royale : il passoit les jours et les nuits à dévorer de ses regards les charmes d'Oriane ; ses yeux erroient sur son beau corps, et ses yeux ne se lassoient jamais. « Helas! disoit-il, je suis heureux; mais c'est une chose qui n'est sçuë que de Venus et de moi. Mon bonheur seroit plus grand s'il donnoit de l'envie. Belle reine, quittez ces vains ornemens; faites tomber cette toile importune; montrez-vous à l'univers ; laissez le prix de la beauté, et demandez des autels. »

Auprès de-là étoient vingt Babyloniennes ;

elles avoient des robes de pourpre brodées d'or; elles croyoient que leur luxe augmentoit leur prix. Il y en avoit qui portoient, pour preuve de leur beauté, les richesses qu'elle leur avoit fait acquerir.

Plus loin je vis cent femmes d'Egypte qui avoient les yeux et les cheveux noirs. Leurs maris étoient auprès d'elles, et ils disoient : « Les loix nous soumettent à vous en l'honneur d'Isis, mais votre beauté a sur nous un empire plus fort que celui des loix ; nous vous obéissons avec le même plaisir que l'on obéit aux dieux ; nous sommes les plus heureux esclaves de l'univers. Le devoir vous répond de notre fidelité ; mais il n'y a que l'amour qui puisse nous promettre la vôtre.

« Soyez moins sensibles à la gloire que vous acquerrez à Gnide qu'aux hommages que vous pouvez trouver dans votre maison, auprès d'un mari tranquille, qui, pendant que vous vous occupez des affaires du dehors, doit attendre dans le sein de votre famille le cœur que vous lui rapportez. »

Il vint des femmes de cette ville puissante qui envoit ses vaisseaux au bout de l'univers; les ornemens fatiguoient leur tête superbe ; toutes les parties du monde sembloient avoir contribué à leur parure.

Dix beautez vinrent des lieux où commence le jour : elles étoient filles de l'Aurore, et, pour la voir, elles se levoient tous les jours avant elle. Elles se plaignoient du Soleil, qui faisoit disparoître leur mere; elles se plaignoient de leur mere, qui ne se montroit à elles que comme au reste des mortels.

Je vis sous une tente une reine d'un peuple des Indes. Elle étoit entourée de ses filles, qui déja faisoient esperer les charmes de leur mere; des eunuques la servoient, et leurs yeux tomboient par terre : car, depuis qu'ils avoient respiré l'air de Gnide, ils avoient senti redoubler leur affreuse mélancolie.

Les femmes de Cadis, qui sont aux extrémitez de la terre, disputerent aussi le prix. Il n'y a point de pays dans l'univers où une belle ne reçoive des hommages; mais il n'y a que les plus grands hommages qui puissent appaiser l'ambition d'une belle.

Les filles de Gnide parurent ensuite : belles sans ornement, elles avoient des graces au lieu de perles et de rubis. On ne voyoit sur leur tète que les presens de Flore; mais ils y étoient plus dignes des embrassemens de Zephire. Leur robe n'avoit d'autre mérite que celui de marquer une taille charmante, et d'avoir été filée de leurs propres mains.

Parmi toutes ces beautez on ne vit point la jeune Camille. Elle avoit dit : « Je ne veux point disputer le prix de la beauté, il me suffit que mon cher Aristhée me trouve belle. »

Diane rendoit ces jeux célebres par sa presence. Elle n'y venoit point disputer le prix, car les déesses ne se comparent point aux mortelles. Je la vis seule, elle étoit belle comme Venus : je la vis auprès de Venus, elle n'étoit plus que Diane.

Il n'y eut jamais un si grand spectacle : les peuples étoient separez des peuples; les yeux erroient de pays en pays, depuis le couchant jusqu'à l'aurore : il sembloit que Gnide fût tout l'univers.

Les dieux ont partagé la beauté entre les nations, comme la nature l'a partagée entre les déesses. Là, on voyoit la beauté fiere de Pallas; ici la grandeur et la majesté de Junon; plus loin la simplicité de Diane, la délicatesse de Thetis, le charme des Graces, et quelquefois le sourire de Venus.

Il sembloit que chaque peuple eût une maniere particuliere d'exprimer sa prudence, et que toutes ces femmes voulussent se joüer des yeux; car les unes découvroient la gorge et cachoient leurs épaules, les autres montroient les épaules et couvroient la gorge; celles qui vous déroboient le pied vous payoient par d'autres charmes; et là on rougissoit de ce qu'ici on appelloit bienseance.

Les dieux sont si charmez de Themire qu'ils

ne la regardent jamais sans sourire de leur ouvrage. De toutes les déesses il n'y a que Venus qui la voye avec plaisir, et que les dieux ne raillent point d'un peu de jalousie.

Comme on remarque une rose au milieu des fleurs qui naissent dans l'herbe, on distingua Themire de tant de belles. Elles n'eurent pas le tems d'être ses rivales, elles furent vaincuës avant de la craindre. Dès qu'elle parut, Venus ne regarda qu'elle. Elle appella les Graces : « Allez la couronner, leur dit-elle; de toutes les beautez que je vois, c'est la seule qui vous ressemble. »

QUATRIÈME CHANT.

PENDANT que Themire étoit occupée avec ses compagnes au culte de la déesse, j'entrai dans un bois solitaire; j'y trouvai le tendre Aristhée. Nous nous étions vûs le jour que nous allâmes consulter l'oracle; c'en fut assez pour nous engager à nous entretenir : car Venus met dans le cœur, en la presence d'un habitant de Gnide, le charme secret que trouvent deux amis, lors qu'aprés une longue absence ils sentent dans leurs bras le doux objet de leurs inquietudes.

Ravis l'un de l'autre, nous sentîmes que notre cœur se donnoit; il sembloit que la tendre amitié étoit descenduë du ciel pour se replacer au milieu de nous. Nous nous racontâmes mille choses de notre vie. Voici à peu près ce que je lui dis :

« Je suis né à Cybaris, où mon pere Antiloque étoit prêtre de Venus. On ne met point dans cette ville de difference entre les voluptez et les besoins ; on bannit tous les arts qui pourroient troubler un sommeil tranquille ; on donne des prix, au dépens du public, à ceux qui peuvent découvrir des voluptez nouvelles ; les citoyens ne se souviennent que des bouffons qui les ont divertis, et ont perdu la memoire des magistrats qui les ont gouvernez.

« On y abuse de la fertilité du terroir, qui y produit une abondance éternelle, et les faveurs des dieux sur Cibaris ne servent qu'à encourager le luxe et à flater la molesse.

« Les hommes sont si effeminez, leur parure est si semblable à celle des femmes, ils composent si bien leur teint, ils se frisent avec tant d'art, ils employent tant de tems à se corriger à leur miroir, qu'il semble qu'il n'y ait qu'un sexe dans toute la ville.

« Les femmes se livrent, au lieu de se rendre ; chaque jour voit finir les desirs et les esperances de chaque jour ; on ne sçait ce que c'est que d'aimer et d'être aimé, on n'est occupé que de ce qu'on appelle si faussement joüir.

« Les faveurs n'y ont que leur realité propre, et toutes ces circonstances qui les accompagnent si bien, tous ces riens qui sont d'un si grand prix, ces engagemens qui paroissent toujours plus grands, ces petites choses qui valent tant, tout ce qui prépare un heureux moment, tant de conquêtes au lieu d'une, tant de joüissances avant la derniere, tout cela est inconnu à Cibaris.

« Encore si elles avoient la moindre modestie, cette foible image de la vertu pourroit plaire; mais non, les yeux sont accoutumez à tout voir, et les oreilles à tout entendre.

« Bien loin que la multiplicité des plaisirs donne aux Cibarites plus de délicatesse, ils ne peuvent plus distinguer un sentiment d'avec un sentiment.

« Ils passent leur vie dans une joye purement exterieure; ils quittent un plaisir qui leur déplaît pour un plaisir qui leur déplaira encore : tout ce qu'ils imaginent est un nouveau sujet de dégoût.

« Leur ame, incapable de sentir les plaisirs, semble n'avoir de délicatesse que pour les peines : un citoyen fut fatigué toute une nuit d'une rose qui s'étoit repliée dans son lit.

« La molesse a tellement affoibli leurs corps, qu'ils ne sçauroient remuer les moindres fardeaux; ils peuvent à peine se soutenir sur leurs pieds; les voitures les plus douces les font évanoüir; lorsqu'ils sont dans les festins, l'estomach leur manque à tous les instans.

« Ils passent leur vie sur des sieges renversez, sur lesquels ils sont obligez de se reposer tout le jour, sans s'être fatiguez; ils sont brisez quand ils vont languir ailleurs.

« Incapables de porter le poids des armes, timides devant leurs concitoyens, lâches devant les étrangers, ils sont des esclaves tous prêts pour le premier maître.

« Dès que je sçus penser, j'eus du dégoût pour la malheureuse Cibaris. J'aime la vertu, et j'ai toujours craint les dieux immortels. « Non, « disois-je, je ne respirerai pas plus long tems « cet air empoisonné; tous ces esclaves de la « molesse sont faits pour vivre dans leur patrie, « et moi pour la quitter. »

« J'allai pour la derniere fois au temple, et, m'approchant des autels où mon pere avoit tant de fois sacrifié : « Grande déesse, dis-je à haute « voix, j'abandonne ton temple, et non pas ton « culte; en quelque lieu de la terre que je sois, « je ferai fumer pour toi de l'encens, mais il « sera plus pur que celui qu'on t'offre à Cibaris. »

« Je partis, et j'arrivai en Crete. Cette isle est toute pleine des monumens de la fureur de l'amour. On y voit le taureau d'airain, ouvrage de Dédale pour tromper ou pour satisfaire les égaremens de Pasiphaé; le labyrinthe, dont l'amour seul sçut éluder l'artifice; le tombeau de Phedre, qui étonna le Soleil comme avoit fait sa mere; et le temple d'Ariane, qui, désolée dans les deserts, abandonnée par un ingrat, ne se répentoit pas encore de l'avoir suivi.

« On y voit le palais d'Idomenée, dont le retour ne fut pas plus heureux que celui des autres capitaines grecs : car ceux qui échaperent aux dangers d'un élement colere trouverent leur maison plus funeste encore. Venus irritée leur fit embrasser des épouses perfides, et ils moururent de la main qu'ils croyoient la plus chere.

« Je quittai cette isle, si odieuse à une déesse qui devoit faire quelque jour la félicité de ma vie.

« Je me rembarquai, et la tempête me jetta à Lesbos. C'est encore une isle peu cherie de Venus : elle a ôté la pudeur du visage des femmes, la foiblesse de leur corps, et la timidité de leur ame. Grande Venus, laisse brûler les femmes de Lesbos d'un feu legitime; épargne à la nature humaine tant d'horreur! Mitylene est la capitale de Lesbos; c'est la patrie de la tendre Sapho. Immortelle comme les Muses, cette fille infortunée brûle d'un feu qu'elle ne peut éteindre. Odieuse à elle-même, trouvant ses ennuis dans ses charmes, elle hait son sexe et le cherche toujours. « Comment, dit-« elle, une flamme si vaine peut-elle être si « cruelle! Amour, tu es cent fois plus redouta-« ble quand tu te jouës, que quand tu t'irrites! »

« Enfin je quittai Lesbos, et le sort me fit trouver une isle plus prophane encore; c'étoit celle de Lemnos. Venus n'y a point de temple; jamais les Lemniens ne lui adresserent de vœux. « Nous rejettons, disent-ils, un culte qui amo- « lit les cœurs. » La déesse les en a souvent punis; mais, sans expier leur crime, ils en portent la peine, toujours plus impies à mesure qu'ils sont plus affligez.

« Je me remis en mer, cherchant toujours quelque terre cherie des dieux; les vents me porterent à Delos. Je restai quelques mois dans cette isle sacrée; mais, soit que les dieux nous préviennent quelquefois sur ce qui nous arrive, soit que notre ame retienne de la divinité dont elle est émanée, quelque foible connoissance de l'avenir, je sentis que mon destin, que mon bonheur même, m'appelloient sous un autre climat.

« Une nuit que j'étois dans cet état tranquile où l'ame, plus à elle-même, semble être délivrée de la chaîne qui la tient assujettie, il m'apparut, je ne sçus pas d'abord si c'étoit une mortelle ou une déesse. Un charme secret étoit répandu sur toute sa personne : elle n'étoit point belle comme Venus, mais elle étoit ravissante comme elle; tous ses traits n'étoient point réguliers, mais ils enchantoient tous ensemble; vous n'y trouviez point ce qu'on admire, mais ce qui pique ; ses cheveux tomboient négligemment sur ses épaules, mais cette négligence étoit heureuse ; sa taille étoit charmante, elle avoit cet air que la nature donne seule, et dont elle cache le secret aux peintres mêmes. Elle vit mon étonnement, elle en sourit. Dieux, quel souris ! « Je « suis, me dit-elle d'une voix qui pénétroit le « cœur, la seconde des Graces. Venus, qui m'en-« voye, veut te rendre heureux; mais il faut que « tu ailles l'adorer dans son temple de Gnide. » Elle fuit, mes bras la suivirent, mon songe s'envola avec elle, et il ne me resta qu'un doux regret de ne la plus voir, mêlé du plaisir de l'avoir vûe.

« Je quittai donc l'isle de Delos, j'arrivai à Gnide, et je puis dire que d'abord je respirai l'amour. Je sentis, je ne puis pas bien exprimer ce que je sentis : je n'aimois pas encore, mais je cherchois à aimer ; mon cœur s'échauffoit comme dans la présence de quelque beauté divine. J'avançai, et je vis de loin des jeunes filles qui joüoient dans la prairie ; je fus d'abord entraîné vers elles. « Insensé que je suis, disois-je, j'ai, « sans aimer, tous les égaremens de l'amour ; « mon cœur vole déja vers des objets inconnus, « et ces objets lui donnent de l'inquiétude. » J'approchai, je vis la charmante Themire : sans doute que nous étions faits l'un pour l'autre, je ne regardai qu'elle, et je crois que je serois mort de douleur si elle n'avoit tourné sur moi quelques regards. « Grande Venus, m'écriai-je, « puisque vous devez me rendre heureux, faites « que ce soit avec cette bergere : je renonce à « toutes les autres beautez, elle seule peut rem- « plir vos promesses et tous les vœux que je « ferai jamais. »

CINQUIÈME CHANT.

Je contai au jeune Aristhée mes tendres amours; ils lui firent soupirer les siens : je soulageai son cœur en le priant de me les raconter. Voici ce qu'il me dit : je n'oublierai rien, car je suis inspiré par le même dieu qui le faisoit parler :

« Dans tout ce recit, me dit-il, vous ne trouverez rien que de très-simple : mes avantures ne sont que les sentimens d'un cœur tendre, que mes plaisirs, que mes peines; et, comme mon amour pour Camille fait le bonheur, il fait aussi toute l'histoire de ma vie.

« Camille est fille d'un des principaux habitans de Gnide; elle est belle, mais elle a des graces plus belles que la beauté même; elle a une physionomie qui va se peindre dans tous les cœurs : les femmes qui font des souhaits, demandent aux dieux les graces de Camille; les hommes qui la voyent veulent la voir toujours, ou craignent de la voir encore.

« Elle a une taille charmante, un air noble, mais modeste; des yeux vifs et tous prêts à être tendres, des traits faits exprès l'un pour l'autre, des charmes invisiblement assortis pour la tyrannie des cœurs.

« Camille ne cherche point à se parer, mais elle est mieux parée que les autres femmes.

« Elle a un esprit que la nature refuse presque toujours aux belles. Elle se prête également au serieux et à l'enjoüement : si vous voulez, elle pensera sensément; si vous voulez, elle badinera comme les Graces.

« Plus on a d'esprit, plus on en trouve à Camille. Elle a quelque chose de si naïf, qu'il semble qu'elle ne parle que le langage du cœur. Tout ce qu'elle dit, tout ce qu'elle fait a les charmes de la simplicité : vous trouvez toujours une bergere naïve. Des graces si legeres, si fines, si delicates, se font remarquer, mais se font encore mieux sentir.

« Avec tout cela, Camille m'aime : elle est ravie quand elle me voit, elle est fachée quand je la quitte; et, comme si je pouvois vivre sans elle, elle me fait promettre de revenir. Je lui dis toujours que je l'aime, elle me croit; je lui dis que je l'adore, elle le sçait; mais elle est ravie comme si elle ne le sçavoit pas. Quand je lui dis qu'elle fait la félicité de ma vie, elle me dit que je fais le bonheur de la sienne. Enfin, elle m'aime tant, qu'elle me feroit presque croire que je suis digne de son amour.

« Il y avoit un mois que je voyois Camille, sans oser lui dire que je l'aimois, et sans oser presque me le dire à moi-même; plus je la trouvois aimable, moins j'esperois d'être celui qui la rendroit sensible. Camille, tes charmes me touchoient, mais ils me disoient que je ne te meritois pas.

« Je cherchois par tout à t'oublier; je voulois effacer de mon cœur ton adorable image. Que je suis heureux! je n'ai pû y réussir : cette image y est restée, et elle y vivra toujours!

« Je dis à Camille : « J'aimois le bruit du « monde, et je cherche la solitude; j'avois des « vûes d'ambition, et je ne desire plus que ta « presence; je voulois errer sous des climats re- « culez, et mon cœur n'est plus citoyen que des « lieux où tu respires : tout ce qui n'est point « toy s'est évanoüi de devant mes yeux. »

« Quand Camille m'a parlé de sa tendresse, elle a encore quelque chose à me dire; elle croit avoir oublié ce qu'elle m'a juré mille fois. Je suis si charmé de l'entendre que je feins quelquefois de ne la pas croire, pour qu'elle touche encore mon cœur; bientôt regne entre nous ce doux silence qui est le plus tendre langage des amans.

« Quand j'ai été absent de Camille, je veux lui rendre compte de ce que j'ai pû voir ou entendre : « De quoi m'entretiens-tu? me dit-elle : « parle-moi de nos amours, ou, si tu n'as rien « pensé, si tu n'as rien à me dire, cruel, laisse « moi parler. »

« Quelquefois elle me dit en m'embrassant : « Tu es triste. — Il est vrai, lui dis-je, mais « la tristesse des amans est delicieuse; je sens « couler mes larmes, et je ne sçai pourquoi, car « tu m'aimes : je n'ai point de sujet de me « plaindre, et je me plains. Ne me retire point « de la langueur où je suis, laisse-moi soupirer « en même-tems mes peines et mes plaisirs.

« Dans les transports de l'amour, mon ame « est trop agitée; elle est entraînée vers son « bonheur sans en joüir : au lieu qu'à present je « goute ma tristesse même. N'essuye point mes « larmes : qu'importe que je pleure, puisque je « suis heureux! »

« Quelquefois Camille me dit : « Aime moi. « — Oui, je t'aime. — Mais comment m'aimes-tu? — Helas! lui dis-je, je t'aime

« comme je t'aimois; car je ne puis comparer « l'amour que j'ai pour toi qu'à celui que j'ai « eu pour toi-même. »

« J'entends loüer Camille par tous ceux qui la connoissent : je suis flaté de ces louanges comme si elles m'étoient personnelles, et je sens en ce moment que j'ai de l'amour propre.

« Quand il y a quelqu'un avec nous, elle parle avec tant d'esprit que je suis enchanté de ses moindres paroles; mais j'aimerois encore mieux qu'elle ne dît rien.

« Quand elle fait des amitiez à quelqu'un, je voudrois être celui à qui elle fait des amitiez, quand tout à coup je fais reflexion que je ne serois point aimé d'elle.

« Prends garde, Camille, aux impostures des amans : ils te diront qu'ils t'aiment, et ils diront vrai; ils te diront qu'ils t'aiment autant que moi, mais je jure par les dieux que je t'aime davantage.

« Quand je l'apperçois de loin, mon esprit s'égare; elle approche, et mon cœur s'agite; j'arrive auprès d'elle, et il me semble que mon ame veut me quitter, que cette ame est à Camille et qu'elle va l'animer.

« Quelquefois je veux lui dérober une faveur; elle me la refuse, et dans un instant elle m'en accorde une autre. Ce n'est point un artifice: combatuë par sa pudeur et son amour, elle voudroit me tout refuser, elle voudroit pouvoir me tout accorder.

« Elle me dit : « Ne vous suffit-il pas que je « vous aime? Que pouvez vous desirer après « mon cœur? — Je desire, lui dis-je, que tu « fasses pour moi une faute que l'amour fait « faire, et que le grand amour justifie.

« Camille si je cesse un jour de t'aimer, puisse « la Parque se tromper, et prendre ce jour pour « le dernier de mes jours! Puisse-t-elle effacer « le reste d'une vie que je trouverois déplo- « rable, quand je me souviendrois des plaisirs « que j'ai eus en aimant! »

Aristhée soupira et se tut; et je vis bien qu'il ne cessa de parler de Camille que pour penser à elle.

SIXIÈME CHANT.

PENDANT que nous parlions de nos amours, nous nous égarâmes, et, après avoir erré long-tems, nous entrâmes dans une grande prairie : nous fûmes conduits par un chemin de fleurs au pied d'un rocher affreux ; nous vîmes un antre obscur, nous y entrâmes, croyant que c'étoit la demeure de quelque mortel. Oh dieux ! qui auroit pensé que ce lieu eût été si funeste ! A peine y eûs-je mis le pied, que tout mon corps fremit, mes cheveux se dresserent sur la tête. Une main invisible m'entraînoit dans ce fatal sejour ; à mesure que mon cœur s'agitoit, il cherchoit à s'agiter encore. « Ami, m'écriai-je, entrons plus avant, dussions-nous voir augmenter nos peines! » J'avance dans ce lieu où jamais le soleil n'entra, et que les vents n'agiterent jamais. J'y vis la Jalousie : son aspect étoit plus sombre que terrible; la pâleur, la tristesse, le silence l'entouroient, et les ennuis voloient autour d'elle. Elle souffla sur nous, elle nous mit la main sur le cœur, elle nous frappa sur la tête, et nous ne vîmes, nous n'imaginâmes plus que des monstres. « Entrez plus avant, nous dit-elle, malheureux mortels; allez trouver une déesse plus puissante que moi. » Nous vîmes une affreuse divinité à la lueur des langues enflâmées des serpens qui sifloient sur sa tête : c'étoit la Fureur. Elle détacha un de ses serpens, et le jetta sur moi; je voulus le prendre : déja, sans que je l'eusse senti, il s'étoit glissé dans mon cœur. Je restai un moment comme stupide, mais, dès que le poison se fut repandu dans mes veines, je crus être au milieu des enfers : mon ame fut embrasée, et dans sa violence tout mon corps la contenoit à peine; j'étois si agité qu'il me sembloit que je tournois sous le foüet des Furies. Enfin je m'abandonnai; nous fîmes cent fois le tour de cet antre épouvantable; nous allions de la Jalousie à la Fureur, de la Fureur à la Jalousie. Nous crions : «Themire! » Nous crions : «Camille ! » Si Themire ou Camille étoient venües, nous les aurions déchirées de nos propres mains.

Enfin nous trouvâmes la lumiere du jour; elle nous parut importune, et nous regretâmes presque l'antre affreux que nous avions quitté. Nous tombâmes de lassitude, et ce repos même nous parut insuportable ; nos yeux nous refuserent des larmes, et notre cœur ne put plus former de soupirs.

Je fus pourtant un moment tranquille : le sommeil commençoit à verser sur moi ses doux pavots. Oh Dieux! ce sommeil même devint cruel ! J'y voyois des images plus terribles pour moi que les pâles ombres; je me reveillois à chaque instant sur une infidelité de Themire; je la voyois... non, je n'ose encore le dire; et ce que j'imaginois seulement pendant la veille, je le trouvois réel dans les horreurs de cet affreux sommeil.

« Il faudra donc, dis-je en me levant, que je fuye également les tenebres et la lumiere! Themire, la cruelle Themire m'agite comme les Furies. Qui l'eût cru, que mon bonheur seroit de l'oublier pour jamais ! »

Un accès de fureur me reprit : « Ami, m'écriai-je, leve toi : allons exterminer les troupeaux qui paissent dans cette prairie; poursuivons ces bergers, dont les amours sont si paisibles. Mais non; je vois de loin un temple:

c'est peut-être celui de l'Amour ; allons le détruire, allons briser sa statuë, et lui rendre nos fureurs redoutables. » Nous courûmes, et il sembloit que l'ardeur de commettre un crime nous donnât des forces nouvelles ; nous traversâmes les bois, les prez, les guerets ; nous ne fûmes pas arrêtez un instant : une colline s'élevoit en vain, nous y montâmes, nous entrâmes dans le temple : il étoit consacré à Bacchus. Que la puissance des dieux est grande ! notre fureur fut aussi-tot calmée ! Nous nous regardâmes, et nous vîmes avec surprise le desordre où nous étions.

« Grand Dieu, m'écriai-je, je te rends moins graces d'avoir appaisé ma fureur que de m'avoir épargné un grand crime. » Et m'approchant de la pretresse : « Nous sommez aimez du dieu que vous servez ; il vient de calmer les transports dont nous étions agitez : à peine sommes nous entrez dans ce lieu, que nous avons senti sa faveur présente. Nous voulons lui faire un sacrifice, daignez l'offrir pour nous, divine Pretresse. » J'allai chercher une victime, et je l'apportai à ses pieds.

Pendant que la pretresse se preparoit à donner le coup mortel, Aristhée prononça ces paroles : « Divin Bacchus, tu aimes à voir la joye sur le visage des hommes ; nos plaisirs sont un culte pour toi, et tu ne veux être adoré que par les mortels les plus heureux.

« Quelquefois tu égares doucement notre raison, mais, quand quelque divinité cruelle nous l'a ôtée, il n'y a que toi qui puisse nous la rendre.

« La noire Jalousie tient l'Amour sous son esclavage, mais tu lui ôtes l'empire qu'elle prend sur nos cœurs, et tu la fais rentrer dans sa demeure affreuse. »

Après que le sacrifice fut fait, tout le peuple s'assembla autour de nous, et je racontai à la pretresse comment nous avions été tourmentez dans la demeure de la Jalousie : et tout à coup nous entendîmes un grand bruit, et un mélange confus de voix et d'instrumens de musique. Nous sortîmes du temple, et nous vîmes arriver une troupe de Bacchantes qui frappoient la terre de leurs thyrses, criant à haute voix : « Evohé ! » Le vieux Silene suivoit monté sur son âne : sa tête sembloit chercher la terre, et sitôt qu'on abandonnoit son corps, il se balançoit comme par mesure. La troupe avoit le visage barboüillé de lie. Pan paroissoit ensuite avec sa flute, et les Satyres entouroient leur roy. La joye regnoit avec le desordre; une folie aimable mêloit ensemble les jeux, les railleries, les danses, les chansons : le vin menoit à la gayeté, la gayeté ramenoit au vin. Enfin je vis Bacchus : il étoit sur son char traîné par des tigres, tel que le Gange le vit au bout de l'univers, portant partout la joye et la victoire.

A ses côtez étoit la belle Ariane. Princesse, vous vous plaigniez encore de l'infidelité de Thesée, lorsque le dieu prit votre couronne et la plaça dans le ciel. Il essuya vos larmes : si vous n'aviez pas cessé de pleurer, vous auriez rendu un dieu plus malheureux que vous, qui n'étiez qu'une mortelle. Il vous dit : « Aimez moi ; Thesée fuit, ne vous souvenez plus de son amour, oubliez jusqu'à sa perfidie ; je vous rends immortelle, pour vous aimer toujours. »

Je vis Bacchus descendre de son char ; je vis descendre Ariane, elle entra dans le temple. « Aimable dieu, s'écria-t-elle, restons dans ces lieux, et soupirons-y nos amours ; faisons joüir ce doux climat d'une joye éternelle. C'est auprès de ces lieux que la reine des cœurs a posé son empire : que le dieu de la joye regne auprès d'elle, et augmente le bonheur de ces peuples déja si fortunez.

« Pour moi, grand dieu, je sens déja que je t'aime davantage : qui l'eût dit, que tu pourrois quelque jour me paroître encore plus aimable ? Il n'y a que les immortels qui puissent aimer à l'excès, et aimer toujours davantage ; il n'y a qu'eux qui obtiennent plus qu'ils n'esperent, et qui sont plus bornez quand ils desirent, que quand ils joüissent.

« Tu seras icy mes éternelles amours. Dans

le ciel on n'est occupé que de sa gloire : ce n'est que sur la terre et dans les lieux champêtres que l'on sçait aimer; et, pendant que cette troupe se livrera à une joye insensée, ma joye, mes soupirs, et mes larmes mêmes, te rediront sans cesse mes amours. »

Le dieu sourit à Ariane, il la mena dans le sanctuaire. La joye s'empara de nos cœurs, nous sentîmes une émotion divine; saisis des égaremens de Silene et des transports des Bacchantes, nous primes un thyrse, et nous nous mêlâmes dans les danses et dans les concerts.

SEPTIÈME CHANT.

Nous quittâmes les lieux consacrez à Bacchus ; mais bientôt nous crûmes sentir que nos maux n'avoient été que suspendus. Il est vrai que nous n'avions point cette fureur qui nous avoit agitez, mais la sombre tristesse avoit saisi nôtre ame, et nous étions devorez de soupçons et d'inquietudes.

Il nous sembloit que les cruelles déesses ne nous avoient agitez que pour nous faire pressentir des malheurs ausquels nous étions destinez.

Quelquefois nous regrettions le temple de

Bacchus; bien tôt nous étions entraînez vers celui de Gnide; nous voulions voir Themire et Camille, ces objets puissans de notre amour et de notre jalousie.

Mais nous n'avions aucune de ces douceurs que l'on a coutume de sentir lorsque, sur le point de revoir ce qu'on aime, l'ame est déja ravie, et semble goûter d'avance tout le bonheur qu'elle se promet.

« Peut-être, dit Aristhée, que je trouverai le berger Licas avec Camille; que sçai-je, s'il ne lui parle pas dans ce moment? O dieux! l'infidelle prend plaisir à l'entendre!

— On disoit l'autre jour, repris-je, que Tirsis, qui a tant aimé Themire, devoit arriver à Gnide: il l'a aimée, sans doute qu'il l'aime encore; il faudra que je dispute un cœur que je croyois tout à moi.

— L'autre jour Licas chantoit ma Camille : que j'étois insensé! j'étois ravi de l'entendre loüer.

— Je me souviens que Tirsis porta à ma Themire des fleurs nouvelles : malheureux que je suis, elle les a mis sur son sein! « C'est un present « de Tirsis, » disoit-elle. Ah! j'aurois dû les arracher et les fouler à mes pieds!

— Il n'y a pas long-tems que j'allois avec Camille faire à Venus un sacrifice de deux tourterelles; elles m'échapperent et s'envolerent dans les airs.

— J'avois écrit sur des arbres mon nom avec celui de Themire; j'avois écrit mes amours, je les lisois et relisois sans cesse : un matin je les trouvai effacées.

— Camille, ne desespere point un malheureux qui t'aime : l'amour qu'on irrite peut avoir tous les effets de la haine.

— Le premier Gnidien qui regardera ma Themire, je le poursuivrai jusques dans le temple, et je le punirai, fût-il aux pieds de Venus. »

Cependant nous arrivâmes près de l'antre sacré où la déesse rend ses oracles. Le peuple étoit comme les flots de la mer agitée : ceux-ci venoient d'entendre, les autres alloient chercher leur réponse.

Nous entrâmes dans la foule; je perdis l'heureux Aristhée : déja il avoit embrassé sa Camille, et moi je cherchois encore ma Themire.

Je la trouvai enfin. Je sentis ma jalousie redoubler à sa vuë, je sentis renaître mes premieres fureurs; mais elle me regarda, et je devins tranquille. C'est ainsi que les dieux renvoyent les Furies lorsqu'elles sortent des Enfers.

« O dieux, me dit-elle, que tu m'as coûté de larmes! Trois fois le soleil a parcouru sa carriere; je craignois de t'avoir perdu pour jamais : cette parole me fait trembler. J'ai été consulter l'oracle. Je n'ai point demandé si tu m'aimois; helas! je ne voulois que sçavoir si tu vivois encore : Venus vient de me repondre que tu m'aimes toujours.

— Excuse, lui dis-je, un infortuné qui t'auroit haïe si son ame en étoit capable. Les dieux dans les mains desquels je suis peuvent me faire perdre la raison ; ces dieux, Themire, ne peuvent pas m'ôter mon amour.

« La cruelle jalousie m'a agité, comme dans le Tartare on tourmente les ombres criminelles : j'en tire cet avantage, que je sens mieux le bonheur qu'il y a d'être aimé de toi après l'affreuse situation où m'a mise la crainte de te perdre.

« Viens donc avec moi, viens dans ce bois solitaire : il faut qu'à force d'aimer j'expie les crimes que j'ai faits : c'est un grand crime, Themire, de te croire infidelle. »

Jamais les bois de l'Elizée, que les dieux ont faits exprés pour la tranquillité des ombres qu'ils cherissent ; jamais les forests de Dodone, qui parlent aux humains de leur felicité future, ni les jardins des Hesperides, dont les arbres se courbent sous le poids de l'or qui compose leurs fruits, ne furent plus charmants que ce bocage enchanté par la presence de Themire.

Je me souviens qu'un Satyre, qui suivoit une Nimphe qui fuyoit toute eplorée, nous vit, et s'arrêta : « Heureux amans, s'écria-t'il, vos yeux sçavent s'entendre et se repondre ; vos soupirs sont payez par des soupirs; mais moi je passe ma vie sur les traces d'une bergere farouche, malheureux pendant que je la poursuis, plus malheureux encore lors que je l'ai atteinte. »

Une jeune Nimphe, seule dans ces bois, nous apperçut et soupira. « Non, dit-elle, ce n'est que pour augmenter mes tourmens que le cruel Amour me fait voir un amant si tendre! »

Nous trouvâmes Apollon assis auprès d'une fontaine : il avoit suivi Diane, qu'un daim timide avoit menée dans ces bois. Je le reconnus à ses blonds cheveux et à la troupe immortelle qui étoit autour de lui. Il accordoit sa lyre : elle attire les rochers, les arbres la suivent, les lions restent immobiles. Mais nous entrâmes plus avant dans les forêts, appellez en vain par cette divine harmonie.

Où croyez-vous que je trouvai l'Amour? Je le trouvai sur les levres de Themire; je le trouvai ensuite sur son sein; il s'étoit sauvé à ses pieds, je l'y trouvai encore; il se cacha sous ses genoux, je le suivis; et je l'aurois toujours suivi si Themire toute en pleurs, Themire irritée ne m'eût arrêté. Il étoit à sa derniere retraite; elle est si charmante qu'il ne sçauroit la quitter. C'est ainsi qu'une tendre fauvette, que la crainte et l'amour retiennent sur ses petits, reste immobile sous la main avide qui s'approche, et ne peut consentir à les abandonner.

Malheureux que je suis! Themire écouta mes plaintes, et elle n'en fut point attendrie; elle entendit mes prieres, elle devint plus severe. Enfin je fus temeraire : elle s'indigna, je tremblai; elle me parut fachée, je pleurai; elle me rebuta, je tombai et je sentis que mes soupirs alloient être mes derniers soupirs, si Themire n'avoit mis la main sur mon cœur et n'y eût rapellé la vie.

« Non, dit-elle, je ne suis pas si cruelle que toi, car je n'ai jamais voulu te faire mourir, et tu veux m'entraîner dans la nuit du tombeau.

« Ouvre ces yeux mourants, si tu ne veux que les miens se ferment pour jamais. »

Elle m'embrassa; je reçus ma grace, helas! sans esperance de devenir coupable.

CEPHISE ET L'AMOUR[1]

Un jour que j'errois dans les bois d'Idalie avec la jeune Cephise, je trouvai l'Amour qui dormoit couché sur les fleurs, et couvert par quelques branches de mirthe qui cedoient doucement aux haleines des Zephirs. Les Jeux et les Ris, qui le suivent toujours, étoient allez folâtrer loin de lui; il étoit seul. J'avois l'Amour en mon pouvoir; son arc et son carquois étoient

1. Dans l'édition princeps, que nous reproduisons, cette pièce n'a pas le titre qui lui a été donné depuis. Elle est seulement précédée de ces mots : *Comme la piece suivante m'a paru être du même auteur, j'ai cru devoir la traduire et la mettre icy.*

à ses côtez, et si j'avois voulu, j'aurois volé les armes de l'Amour. Cephise prit l'arc du plus grand des dieux; elle y mit un trait sans que je m'en apperçusse, et le lança contre moi. Je lui dis en souriant : « Prends-en un second, fais-moi une autre blessure, celle-ci est trop douce. » Elle voulut ajuster un autre trait; il lui tomba sur le pied, et elle cria doucement : « C'étoit le trait le plus pesant qui fût dans le carquois de l'Amour! » Elle le reprit, le fit voler; il me frappa, je me baissai : « Ah! Cephise, tu veux donc me faire mourir? » Elle s'aprocha de l'Amour. « Il dort profondement, dit elle, il s'est fatigué à lancer ses traits : il faut cueillir des fleurs pour lui lier les pieds et les mains. — Ah! je n'y puis consentir, car il nous a toujours favorisez. — Je vais donc, dit elle, prendre ses armes et lui tirer une fleche de toute ma force. — Mais il se reveillera, lui dis-je. — Eh bien! qu'il se reveille : que pourra-t'il faire que nous blesser davantage? — Non, non, laissons-le dormir; nous resterons auprès de lui, et nous en serons plus enflammez. »

Cephise prit alors des feüilles de mirthe et de roses. « Je veux, dit elle, en couvrir l'Amour. Les Jeux et les Ris le chercheront, et ne pourront plus le trouver. » Elle les jetta sur lui, et elle rioit de voir le petit dieu presque enseveli. « Mais à quoi m'amusai-je? dit elle. Il faut lui couper les ailes, afin qu'il n'y ait plus sur la terre d'hommes volages, car le petit dieu va de cœur en cœur et porte par tout l'inconstance. » Elle prit ses cizeaux, s'assit, et, tenant d'une main le bout des aîles dorées de l'Amour, je sentis mon cœur frappé de crainte. « Arrète, Cephise! » Elle ne m'entendit pas; elle coupa le sommet des aîles de l'Amour, laissa ses cizeaux et s'enfuit.

Lorsqu'il se fut reveillé, il voulut voler, et il sentit un poids qu'il ne connoissoit pas : il vit sur les fleurs le bout de ses aisles; il se mit à pleurer. Jupiter, qui l'apperçut du haut de l'Olimpe, lui envoia un nuage qui le porta dans le palais de Gnide, et le posa sur le sein de Venus. « Ma mere, dit il, je battois de mes aisles sur vôtre sein, et on me les a coupées. Hé! que vais-je devenir?—Mon fils, dit la belle Cipris, ne pleurez point; restez sur mon sein, ne bougez pas, la chaleur va les faire renaitre. Ne voyez-vous pas qu'elles sont plus grandes? Embrassez-moi; elles croissent, vous les aurez bientôt comme vous les aviez; j'en vois déja le sommet qui se dore : dans un moment..... C'est assez, volez, volez, mon fils. — Ouy, dit il, je vais me hazarder. » Il s'envola; il se reposa auprés de Venus, et revint d'abord sur son sein. Il reprit l'essor; il alla se reposer un peu plus loin, et revint encore sur le sein de Venus.

Il l'embrassa, elle lui sourit; il l'embrassa encore et badina avec elle, et enfin il s'eleva dans les airs, d'où il regne sur toute la nature.

L'Amour, pour se vanger de Cephise, l'a rendüe la plus volage de toutes les belles : il la fait brûler chaque jour d'une nouvelle flâme. Elle m'a aimé, elle a aimé Daphnis, et elle aime aujourd'hui Cleon. « Cruel Amour ! c'est moi que vous punissez. Je veux bien porter la peine de son crime, mais n'auriez-vous point d'autres tourmens à me faire souffrir ? »

ARSACE ET ISMÉNIE

HISTOIRE ORIENTALE

ARSACE ET ISMÉNIE

Sur la fin du règne d'Artamène, la Bactriane fut agitée par des discordes civiles. Ce prince mourut accablé d'ennuis, et laissa son trône à sa fille Isménie. Aspar, premier eunuque du palais, eut la principale direction des affaires. Il désiroit beaucoup le bien de l'état, et il désiroit fort peu le pouvoir. Il connoissoit les hommes, et jugeoit bien des évènemens. Son esprit étoit naturellement conciliateur, et son ame sembloit s'approcher de toutes les autres. La paix, qu'on n'osoit plus espérer, fut rétablie. Tel fut le prestige d'Aspar; chacun rentra dans le devoir, et ignora presque qu'il en fût sorti. Sans effort et sans bruit, il savoit faire les grandes choses.

La paix fut troublée par le roi d'Hircanie. Il envoya des ambassadeurs pour demander Isménie en mariage; et, sur ses refus, il entra dans la Bactriane. Cette entrée fut singulière. Tantôt il paroissoit armé de toutes pièces, et prêt à combattre ses ennemis; tantôt on le voyoit vêtu comme un amant que l'amour conduit auprès de sa maîtresse. Il menoit avec lui tout ce qui étoit propre à un appareil de noces; des danseurs, des joueurs d'instrumens, des farceurs, des cuisiniers, des eunuques, des femmes; et il menoit avec lui une formidable armée. Il écrivoit à la reine les lettres du monde les plus tendres; et d'un autre côté il ravageoit tout le pays : un jour étoit employé à des festins, un autre à des expéditions militaires. Jamais on n'a vu une si parfaite image de la guerre et de la paix; et jamais il n'y eut tant de dissolution et tant de discipline. Un village fuyoit la cruauté du vainqueur; un autre étoit dans la joie, les danses et les festins; et, par un étrange caprice, il cherchoit deux choses incompatibles, de se faire craindre et de se faire aimer. Il ne fut ni craint ni aimé. On opposa une armée à la sienne; et une seule bataille finit la guerre.

Un soldat, nouvellement arrivé dans l'armée des Bactriens, fit des prodiges de valeur; il perça jusqu'au lieu où combattoit vaillamment le roi d'Hircanie, et le fit prisonnier. Il remit ce prince à un officier; et, sans dire son nom, il alloit rentrer dans la foule : mais, suivi par des acclamations, il fut mené comme en triomphe à la tente du général. Il parut devant lui avec une noble assurance; il parla modestement de son action. Le général lui offrit des récompenses; il s'y montra insensible : il voulut le combler d'honneurs; il y parut accoutumé.

Aspar jugea qu'un tel homme n'étoit pas d'une naissance ordinaire. Il le fit venir à la cour; et quand il le vit, il se confirma encore plus dans cette pensée. Sa présence lui donna de l'admiration; la tristesse même qui paroissoit sur son visage, lui inspira du respect; il loua sa valeur, et lui dit les choses les plus flatteuses. « Seigneur, lui dit l'étranger, excusez un malheureux que l'horreur de sa situation rend presque incapable de sentir vos bontés, et encore plus d'y répondre. » Ses yeux se remplirent de larmes, et l'eunuque en fut attendri. « Soyez mon ami, lui dit-il, puisque vous êtes malheureux. Il y a un moment que je vous admirois, à présent je vous aime; je voudrois vous consoler, et que vous fissiez usage de ma raison et de la vôtre. Venez prendre un appartement dans mon palais; celui qui l'habite aime la vertu, et vous n'y serez point étranger. »

Le lendemain fut un jour de fête pour tous les Bactriens. La reine sortit de son palais, suivie de toute sa cour. Elle paroissoit sur son char, au milieu d'un peuple immense. Un voile qui couvroit son visage laissoit voir une taille charmante ; ses traits étoient cachés, et l'amour des peuples sembloit les leur montrer.

Elle descendit de son char, et entra dans le temple. Les grands de Bactriane étoient autour d'elle. Elle se prosterna, et adora les dieux dans le silence ; puis elle leva son voile, se recueillit, et dit à haute voix :

« Dieux immortels ! la reine de Bactriane vient vous rendre graces de la victoire que vous lui avez donnée. Mettez le comble à vos faveurs, en ne permettant jamais qu'elle en abuse. Faites qu'elle n'ait ni passions, ni foiblesses, ni caprices ; que ses craintes soient de faire le mal, ses espérances de faire le bien ; et, puisqu'elle ne peut être heureuse... (dit-elle d'une voix que les sanglots parurent arrêter), faites du moins que son peuple le soit. »

Les prêtres finirent les cérémonies prescrites pour le culte des dieux ; la reine sortit du temple, remonta sur son char, et le peuple la suivit jusqu'au palais.

Quelques momens après, Aspar rentra chez lui : il cherchoit l'etranger, et il le trouva dans une affreuse tristesse. Il s'assit auprès de lui, et ayant fait retirer tout le monde, il lui dit : « Je vous conjure de vous ouvrir à moi. Croyez-vous qu'un cœur agité ne trouve point de douceur à confier ses peines? C'est comme si l'on se reposoit dans un lieu plus tranquille. — Il faudroit, lui dit l'étranger, vous raconter tous les évènemens de ma vie. — C'est ce que je vous demande, reprit Aspar; vous parlerez à un homme sensible : ne me cachez rien; tout est important devant l'amitié. »

Ce n'étoit pas seulement la tendresse et un sentiment de pitié qui donnoit cette curiosité à Aspar. Il vouloit attacher cet homme extraordinaire à la cour de Bactriane; il désiroit de connoître à fond un homme qui étoit dans l'ordre de ses desseins, et qu'il destinoit dans sa pensée aux plus grandes choses.

L'étranger se recueillit un moment, et commença ainsi :

« L'Amour a fait tout le bonheur et tout le malheur de ma vie. D'abord il l'avoit semée de peines et de plaisirs; il n'y a laissé dans la suite que les pleurs, les plaintes et les regrets.

Je suis né dans la Médie, et je puis compter d'illustres aïeux. Mon père remporta de grandes victoires à la tête des armées des Mèdes. Je le perdis dans mon enfance, et ceux qui m'élevèrent me firent regarder ses vertus comme la plus belle partie de son héritage.

A l'âge de quinze ans, on m'établit. On ne me donna point ce nombre prodigieux de femmes dont on accable en Médie les gens de ma naissance. On voulut suivre la nature, et m'apprendre que, si les besoins des sens étoient bornés, ceux du cœur l'étoient encore davantage.

Ardasire n'étoit pas moins distinguée de mes autres femmes par son rang que par mon amour. Elle avoit une fierté mêlée de quelque chose de si tendre, ses sentiments étoient si nobles, si différens de ceux qu'une complaisance éternelle met dans le cœur des femmes d'Asie; elle avoit d'ailleurs tant de beauté, que mes yeux ne virent qu'elle, et mon cœur ignora les autres.

Sa physionomie étoit ravissante, sa taille, son air, ses graces, le son de sa voix, le charme de ses discours, tout m'enchantoit. Je voulois toujours l'entendre; je ne me lassois jamais de la voir. Il n'y avoit rien pour moi de si parfait dans la nature; mon imagination ne pouvoit me dire que ce que je trouvois en elle; et, quand je pensois au bonheur dont les humains peuvent être capables, je voyois toujours le mien.

Ma naissance, mes richesses, mon âge, et quelques avantages personnels déterminèrent le roi à me donner sa fille. C'est une coutume inviolable des Mèdes, que ceux qui reçoivent un pareil honneur renvoient toutes leurs femmes. Je ne vis dans cette grande alliance que la perte de ce que j'avois dans le monde de plus cher; mais il me fallut dévorer mes larmes, et montrer de la gaieté. Pendant que toute la cour me félicitoit d'une faveur dont elle est toujours enivrée, Ardasire ne demandoit point à me voir, et moi je craignois sa présence, et je la cherchois. J'allai dans son appartement; j'étois désolé. « Ardasire, lui dis-je, je vous perds... » Mais, sans me faire ni caresses ni reproches, sans lever les yeux, sans verser de larmes, elle garda un profond silence; une pâleur mortelle paroissoit sur son visage, et j'y voyois une certaine indignation mêlée de désespoir.

Je voulus l'embrasser; elle me parut glacée, et je ne lui sentis de mouvement que pour échapper de mes bras.

Ce ne fut point la crainte de mourir qui me fit accepter la princesse, et, si je n'avois tremblé pour Ardasire, je me serois sans doute exposé à la plus affreuse vengeance. Mais quand je me représentois que mon refus seroit infailliblement suivi de sa mort, mon esprit se confondoit, et je m'abandonnois à mon malheur.

Je fus conduit dans le palais du roi, et il ne me fut plus permis d'en sortir. Je vis ce lieu fait pour l'abattement de tous, et les délices d'un seul; ce lieu où, malgré le silence, les soupirs de l'amour sont à peine entendus; ce lieu, où règne la tristesse et la magnificence, où tout ce qui est inanimé est riant, et tout ce qui a de la vie est sombre, où tout se meut avec le maître, et tout s'engourdit avec lui.

Je fus présenté le même jour à la princesse; elle pouvoit m'accabler de ses regards, et il ne me fut pas permis de lever les miens. Étrange effet de la grandeur! Si ses yeux pouvoient parler, les miens ne pouvoient répondre. Deux eunuques avoient un poignard à la main, prêts à expier dans mon sang l'affront de la regarder.

Quel état pour un cœur comme le mien, d'aller porter dans mon lit l'esclavage de la cour, suspendu entre les caprices et les dédains superbes, de ne sentir plus que le respect, et de perdre pour jamais ce qui peut faire la consolation de la servitude même, la douceur d'aimer et d'être aimé!

Mais quelle fut ma situation, lorsqu'un eunuque de la princesse vint me faire signer l'ordre de faire sortir de mon palais toutes mes femmes. « Signez, me dit-il, sentez la douceur de ce commandement : je rendrai compte à la princesse de votre promptitude à obéir. » Mon visage se couvrit de larmes; j'avois commencé d'écrire, et je m'arrêtai. « De grace, dis-je à l'eunuque, attendez; je me meurs.... — Seigneur, me dit-il, il y va de votre tête et de la mienne; signez : nous commençons à devenir coupables; on compte les momens; je devrois être de retour. » Ma main tremblante ou rapide (car mon esprit étoit perdu) traça les caractères les plus funestes que je pusse former.

Mes femmes furent enlevées la veille de mon mariage; mais Ardasire, qui avoit gagné un de mes eunuques, mit une esclave de sa taille et de son air sous ses voiles et ses habits, et se cacha dans un lieu secret. Elle avoit fait entendre à l'eunuque qu'elle vouloit se retirer parmi les prêtresses des dieux.

Ardasire avoit l'ame trop haute, pour qu'une loi qui sans aucun sujet privoit de leur état des femmes légitimes, pût lui paroître faite pour elle. L'abus du pouvoir ne lui fesoit point respecter le pouvoir. Elle appeloit de cette tyrannie à la nature, et de son impuissance à son désespoir.

La cérémonie du mariage se fit dans le palais. Je menai la princesse dans ma maison. Là les concerts, les danses, les festins, tout parut exprimer une joie que mon cœur étoit bien éloigné de sentir.

La nuit étant venue, toute la cour nous quitta. Les eunuques conduisirent la princesse dans son appartement : hélas ! c'étoit celui où j'avois fait tant de sermens à Ardasire. Je me retirai dans le mien plein de rage et de désespoir.

Le moment fixé pour l'hymen arriva. J'entrai dans ce corridor, presque inconnu dans ma maison même, par où l'amour m'avoit conduit tant de fois. Je marchois dans les ténèbres, seul, triste, pensif, quand tout-à-coup un flambeau fut découvert. Ardasire, un poignard à la main, parut devant moi. « Arsace, dit-elle, allez dire à votre nouvelle épouse, que je meurs ici; dites-lui que j'ai disputé votre cœur jusqu'au dernier soupir. » Elle alloit se frapper, j'arrêtai sa main. « Ardasire, m'écriai-je, quel affreux spectacle veux-tu me donner!... » Et lui ouvrant mes bras : « Commence par frapper celui qui a cédé le premier à une loi barbare. » Je la vis pâlir, et le poignard lui tomba des mains. Je l'embrassai ; et, je ne sais par quel charme mon ame sembla se calmer. Je tenois ce cher objet; je me livrai tout entier au plaisir d'aimer. Tout, jusqu'à l'idée de mon malheur, fuyoit de ma pensée. Je croyois posséder Ardasire, et il me sembloit que je ne pouvois plus la perdre. Étrange effet de l'amour! Mon cœur s'échauffoit, et mon ame devenoit tranquille.

Les paroles d'Ardasire me rappelèrent à moi-même. « Arsace, me dit-elle, quittons ces lieux infortunés, fuyons. Que craignons-nous? nous savons aimer et mourir... — Ardasire, lui dis-je, je jure que vous serez toujours à moi, vous y serez comme si vous ne sortiez jamais de ces bras : je ne me séparerai jamais de vous. J'atteste les dieux que vous seule ferez le bonheur de ma vie..... Vous me proposez un généreux dessein : l'amour me l'avoit inspiré ; il me l'inspire encore par vous : vous allez voir si je vous aime. »

Je la quittai, et, plein d'impatience et d'amour, j'allai par-tout donner mes ordres. La porte de l'appartement de la princesse fut fermée. Je pris tout ce que je pus emporter d'or et de pierreries. Je fis prendre à mes esclaves divers chemins, et partis seul avec Ardasire dans l'horreur de la nuit, espérant tout, craignant tout, perdant quelquefois mon audace naturelle, saisi par toutes les passions, quelquefois par les remords même ; ne sachant si je suivois mon devoir, ou l'amour qui le fait oublier.

Je ne vous dirai point les périls infinis que nous courûmes. Ardasire, malgré la foiblesse de son sexe, m'encourageoit ; elle étoit mourante, et elle me suivoit toujours. Je fuyois la présence des hommes ; car tous les hommes étoient devenus mes ennemis : je ne cherchois que les déserts. J'arrivai dans ces montagnes qui sont remplies de tigres et de lions. La présence de ces animaux me rassuroit. « Ce n'est point ici, disai-je à Ardasire, que les eunuques de la princesse et les gardes du roi de Médie viendront nous chercher. » Mais enfin les bêtes féroces se multiplièrent tellement, que je commençai à craindre. Je fesois tomber à coups de flèches celles qui s'approchoient trop près de nous ; car, au lieu de me charger des choses nécessaires à la vie, je m'étois muni d'armes qui pouvoient partout me les procurer. Pressé de toutes parts, je fis du feu avec des cailloux, j'allumai du bois sec ; je passois la nuit auprès de ces feux, et je fesois du bruit avec mes armes. Quelquefois je mettois le feu aux forêts, et je chassois devant moi ces bêtes intimidées. J'entrai dans un pays plus ouvert, et j'admirai ce vaste silence de la nature. Il me représentoit ce temps où les dieux naquirent, et où la beauté parut la première ; l'amour l'échauffa, et tout fut animé.

Enfin nous sortîmes de la Médie. Ce fut dans une cabane de pasteurs que je me crus le maître du monde, et que je pus dire que j'étois à Ardasire et qu'Ardasire étoit à moi.

Nous arrivâmes dans la Margiane ; nos esclaves nous y rejoignirent. Là, nous vécûmes à la campagne, loin du monde et du bruit. Charmés l'un de l'autre, nous nous entretenions de nos plaisirs présens et de nos peines passées.

Ardasire me racontoit quels avoient été ses sentimens dans tout le temps qu'on nous avoit arrachés l'un à l'autre, ses jalousies pendant qu'elle crut que je ne l'aimois plus, sa douleur quand elle vit que je l'aimois encore, sa fureur contre une loi barbare, sa colère contre moi qui m'y soumettois. Elle avoit d'abord formé le dessein d'immoler la princesse; elle avoit rejeté cette idée : elle auroit trouvé du plaisir à mourir à mes yeux; elle n'avoit point douté que je ne fusse attendri.

Quand j'étois dans ses bras, disoit-elle, quand elle me proposa de quitter ma patrie, elle étoit déja sûre de moi.

Ardasire n'avoit jamais été si heureuse; elle étoit charmée. Nous ne vivions point dans le faste de la Médie; mais nos mœurs étoient plus douces. Elle voyoit dans tout ce que nous avions perdu, les grands sacrifices que je lui avois faits. Elle étoit seule avec moi. Dans les sérails, dans ces lieux de délices, on trouve toujours l'idée d'une rivale; et, lorsqu'on y jouit de ce qu'on aime, plus on aime, et plus on est alarmé.

Mais Ardasire n'avoit aucune défiance; le cœur étoit assuré du cœur. Il semble qu'un tel amour donne un air riant à tout ce qui nous entoure, et que, parce qu'un objet nous plaît, il ordonne à toute la nature de nous plaire ; il semble qu'un tel amour soit cet enfant aimable devant qui tout se joue, et qui sourit toujours.

Je sens une espèce de douceur à vous parler de cet heureux temps de notre vie. Quelquefois je perdois Ardasire dans les bois, et je la retrouvois aux accens de sa voix charmante. Elle se paroit des fleurs que je cueillois ; je me parois de celles qu'elle avoit cueillies. Le chant des oiseaux, le murmure des fontaines, les danses et les concerts de nos jeunes esclaves, une douceur partout répandue, étoient des témoignages continuels de notre bonheur.

Tantôt Ardasire étoit une bergère qui, sans parure et sans ornemens, se montroit à moi avec sa naïveté naturelle ; tantôt je la voyois telle qu'elle étoit, lorsque j'étois enchanté dans le sérail de Médie.

Ardasire occupoit ses femmes à des ouvrages charmans : elles filoient la laine d'Hircanie ; elles employoient la pourpre de Tyr. Toute la maison goûtoit une joie naïve. Nous descendions avec plaisir à l'égalité de la nature ; nous étions heureux, et nous voulions vivre avec des gens qui le fussent. Le bonheur faux rend les hommes durs et superbes, et ce bonheur ne se communique point. Le vrai bonheur les rend doux et sensibles, et ce bonheur se partage toujours.

Je me souviens qu'Ardasire fit le mariage d'une de ses favorites avec un de mes affranchis. L'amour et la jeunesse avoient formé cet hymen. La favorite dit à Ardasire : « Ce jour est aussi le premier jour de votre hyménée. — Tous les jours de ma vie, répondit-elle, seront ce premier jour. »

Vous serez peut-être surpris qu'exilé et proscrit de la Médie, n'ayant eu qu'un moment pour me préparer à partir, ne pouvant emporter que l'argent et les pierreries qui se trouvoient sous ma main, je pusse avoir assez de richesses dans la Margiane, pour y avoir un palais, un grand nombre de domestiques, et toutes sortes de commodités pour la vie. J'en fus surpris moi-même, et je le suis encore. Par une fatalité que je ne saurois vous expliquer, je ne voyois aucune ressource, et j'en trouvois par-tout. L'or, les pierreries, les bijoux sembloient se présenter à moi. C'étoient des hasards, me direz-vous. Mais des hasards si réitérés et perpétuellement les mêmes, ne pouvoient guère être des hasards. Ardasire crut d'abord que je voulois la surprendre, et que j'avois porté des richesses qu'elle ne me connoissoit pas. Je crus à mon tour qu'elle en avoit qui m'étoient inconnues. Mais nous vîmes bien l'un et l'autre que nous étions dans l'erreur. Je trouvai plusieurs fois dans ma chambre des rouleaux où il y avoit plusieurs centaines de dariques; Ardasire trouvoit dans la sienne des boîtes pleines de pierreries. Un jour que je me promenois dans mon jardin, un petit coffre plein de pièces d'or parut à mes yeux, et j'en apperçus un autre dans le creux d'un chêne sous lequel j'allois ordinairement me reposer. Je passe le reste. J'étois sûr qu'il n'y avoit pas un seul homme dans la Médie qui eût quelque connoissance du lieu où je m'étois retiré ; et d'ailleurs je savois que je n'avois aucun secours à attendre de ce côté-là. Je me creusois la tête pour pénétrer d'où me venoient ces secours. Toutes les conjectures que je faisois, se détruisoient les unes les autres.

« On fait, dit Aspar en interrompant Arsace, des contes merveilleux de certains génies puissans qui s'attachent aux hommes, et leur font de grands biens. Rien de ce que j'ai oui dire là-dessus n'a fait impression sur mon esprit ; mais ce que j'entends m'étonne davantage : vous dites ce que vous avez éprouvé, et non pas ce que vous avez oui dire.

— Soit que ces secours, reprit Arsace, fussent humains ou surnaturels, il est certain qu'ils ne me manquèrent jamais, et que, de la même manière qu'une infinité de gens trouvent par-tout la misère, je trouvai par-tout les richesses ; et ce qui vous surprendra, elles venoient toujours à point nommé : je n'ai jamais vu mon trésor prêt à finir, qu'un nouveau n'ait d'abord reparu ; tant l'intelligence qui veilloit sur nous étoit attentive. Il y a plus ; ce n'étoient pas seulement nos besoins qui étoient prévenus, mais souvent nos fantaisies. Je n'aime guère, ajouta-t-il, à dire des choses merveilleuses. Je vous dis ce que je suis forcé de croire, et non pas ce qu'il faut que vous croyiez.

La veille du mariage de la favorite, un jeune homme beau comme l'Amour, vint me porter un panier de très-beau fruit. Je lui donnai quelques pièces d'argent; il les prit, laissa le panier, et ne parut plus. Je portai le panier à Ardasire; je le trouvai plus pesant que je ne pensois. Nous mangeâmes le fruit, et nous trouvâmes que le fond étoit plein de dariques. C'est le génie, dit-on dans toute la maison, qui a apporté un trésor ici pour les dépenses des noces.

« Je suis convaincue, disoit Ardasire, que c'est un génie qui fait ces prodiges en notre faveur. Aux intelligences supérieures à nous, rien ne doit être plus agréable que l'amour : l'amour seul a une perfection qui peut nous élever jusqu'à elles. Arsace, c'est un génie qui connoît mon cœur, et qui voit à quel point je vous aime. Je voudrois le voir, et qu'il pût me dire à quel point vous m'aimez. »

Je reprends ma narration.

La passion d'Ardasire et la mienne prirent des impressions de notre différente éducation et de nos différens caractères. Ardasire ne respiroit que pour aimer; sa passion étoit sa vie; toute son ame étoit de l'amour. Il n'étoit pas en elle de m'aimer moins; elle ne pouvoit non plus m'aimer davantage. Moi, je parus aimer avec plus d'emportement, parce qu'il sembloit que je n'aimois pas toujours de même. Ardasire seule étoit capable de m'occuper; mais il y eut des choses qui purent me distraire. Je suivois les cerfs dans les forêts, et j'allois combattre les bêtes féroces.

Bientôt je m'imaginai que je menois une vie trop obscure. Je me trouve, disois-je, dans les États du roi de Margiane : pourquoi n'irois-je point à la cour? La gloire de mon père venoit s'offrir à mon esprit. C'est un poids bien pesant qu'un grand nom à soutenir, quand les vertus des hommes ordinaires sont moins le terme où il faut s'arrêter, que celui dont on doit partir. Il semble que les engagemens que les autres prennent pour nous, soient plus forts que ceux que nous prenons nous-mêmes. « Quand j'étois en Médie, disois-je, il falloit que je m'abaissasse et que je cachasse avec plus de soin mes vertus que mes vices. Si je n'étois pas esclave de la cour, je l'étois de sa jalousie. Mais à présent que je me vois maître de moi, que je suis indépendant, parce que je suis sans patrie, libre au milieu des forêts comme les lions, je commencerai à avoir une ame commune, si je reste un homme commun. »

Je m'accoutumai peu-à-peu à ces idées. Il est attaché à la nature qu'à mesure que nous sommes heureux, nous voulons l'être davantage.

Dans la félicité même, il y a des impatiences. C'est que, comme notre esprit est une suite d'idées, notre cœur est une suite de desirs. Quand nous sentons que notre bonheur ne peut plus s'augmenter, nous voulons lui donner une modification nouvelle. Quelquefois mon ambition étoit irritée par mon amour même : j'espérois que je serois plus digne d'Ardasire, et, malgré ses prières, malgré ses larmes, je la quittai.

Je ne vous dirai point l'affreuse violence que je me fis. Je fus cent fois sur le point de revenir. Je voulois m'aller jeter aux genoux d'Ardasire; mais la honte de me démentir, la certitude que je n'aurois plus la force de me séparer d'elle, l'habitude que j'avois prise de commander à mon cœur des choses difficiles; tout cela me fit continuer mon chemin.

Je fus reçu du roi avec toutes sortes de distinctions. A peine eus-je le temps de m'appercevoir que je fusse étranger. J'étois de toutes les parties de plaisir : il me préféra à tous ceux de mon âge, et il n'y eut point de rang ni de dignité que je ne pusse espérer dans la Margiane.

J'eus bientôt une occasion de justifier sa faveur. La cour de Margiane vivoit depuis longtemps dans une profonde paix. Elle apprit qu'une multitude infinie de Barbares s'étoit présentée sur la frontière, qu'elle avoit taillé en pièces l'armée qu'on lui avoit opposée, et qu'elle marchoit à grands pas vers la capitale. Quand la ville auroit été prise d'assaut, la cour ne seroit pas tombée dans une plus affreuse consternation. Ces gens-là n'avoient jamais connu que la prospérité. Ils ne savoient pas distinguer les malheurs d'avec les malheurs, et ce qui peut se rétablir d'avec ce qui est irréparable. On assembla à la hâte un conseil, et, comme j'étois auprès du roi, je fus de ce conseil. Le roi étoit éperdu, et ses conseillers n'avoient plus de sens. Il étoit clair qu'il étoit impossible de les sauver, si on ne leur rendoit le courage. Le premier ministre ouvrit les avis. Il proposa de faire sauver le roi, et d'envoyer au général ennemi les clefs de la ville. Il alloit dire ses raisons, et tout le conseil alloit les suivre. Je me levai pendant qu'il parloit, et je lui tins ce discours : « Si tu dis encore un mot, je te tue. Il ne faut pas qu'un roi magnanime et tous les braves gens qui sont ici, perdent un temps précieux à écouter tes lâches conseils. » Et, me tournant vers le roi : « Seigneur, un grand état ne tombe pas d'un seul coup. Vous avez une infinité de ressources; et quand vous n'en aurez plus, vous délibérerez avec cet homme si vous devez mourir ou suivre de lâches conseils. Amis, je jure avec vous que nous défendrons le roi jusqu'au dernier soupir. Suivons-le, armons le peuple, et faisons-lui part de notre courage. »

On se mit en défense dans la ville, et je me saisis d'un poste au dehors avec une troupe de gens d'élite, composée de Margiens et de quelques braves gens qui étoient à moi. Nous battîmes plusieurs de leurs partis. Un corps de cavalerie empêchoit qu'on ne leur envoyât des vivres. Ils n'avoient point de machines pour faire le siége de la ville. Notre corps d'armée grossissoit tous les jours. Ils se retirèrent, et la Margiane fut délivrée.

Dans le bruit et le tumulte de cette cour, je ne goûtois que de fausses joies. Ardasire me manquoit par-tout, et toujours mon cœur se tournoit vers elle. J'avois connu mon bonheur, et je l'avois fui ; j'avois quitté des plaisirs réels, pour chercher des erreurs.

Ardasire, depuis mon départ, n'avoit point eu de sentiment qui n'eût d'abord été combattu par un autre. Elle avoit toutes les passions ; elle n'étoit contente d'aucune. Elle vouloit se taire ; elle vouloit se plaindre ; elle prenoit la plume pour m'écrire ; le dépit lui faisoit changer de pensée ; elle ne pouvoit se résoudre à me marquer de la sensibilité, encore moins de l'indifférence ; mais enfin la douleur de son ame fixa ses résolutions, et elle m'écrivit cette lettre :

« Si vous aviez gardé dans votre cœur le

moindre sentiment de pitié, vous ne m'auriez jamais quittée; vous auriez répondu à un amour si tendre, et respecté nos malheurs; vous m'auriez sacrifié des idées vaines. Cruel! vous croiriez perdre quelque chose en perdant un cœur qui ne brûle que pour vous. Comment pouvez-vous savoir si, ne vous voyant plus, j'aurai le courage de soutenir la vie? Et si je meurs, barbare! pouvez-vous douter que ce ne soit par vous? O Dieux! par vous, Arsace! Mon amour, si industrieux à s'affliger, ne m'avoit jamais fait craindre ce genre de supplice. Je croyois que je n'aurois jamais à pleurer que vos malheurs, et que je serois toute ma vie insensible sur les miens..... »

Je ne pus lire cette lettre sans verser des larmes. Mon cœur fut saisi de tristesse; et au sentiment de pitié se joignit un cruel remords de faire le malheur de ce que j'aimois plus que ma vie.

Il me vint dans l'esprit d'engager Ardasire à venir à la cour : je ne restai sur cette idée qu'un moment.

La cour de Margiane est presque la seule d'Asie où les femmes ne sont point séparées du commerce des hommes. Le roi étoit jeune : je pensai qu'il pouvoit tout, et je pensai qu'il pouvoit aimer. Ardasire auroit pu lui plaire, et cette idée étoit pour moi plus effrayante que mille morts.

Je n'avois d'autre parti à prendre que de retourner auprès d'elle. Vous serez étonné quand vous saurez ce qui m'arrêta.

J'attendois à tout moment des marques brillantes de la reconnoissance du roi. Je m'imaginai que, paroissant aux yeux d'Ardasire avec un nouvel éclat, je me justifierois plus aisément auprès d'elle. Je pensai qu'elle m'en aimeroit plus, et je goûtois d'avance le plaisir d'aller porter ma nouvelle fortune à ses pieds.

Je lui appris la raison qui me faisoit différer mon départ; et ce fut cela même qui la mit au désespoir.

Ma faveur auprès du roi avoit été si rapide, qu'on l'attribua au goût que la princesse sœur du roi avoit paru avoir pour moi. C'est une de ces choses que l'on croit toujours lorsqu'elles ont été dites une fois. Un esclave qu'Ardasire avoit mis auprès de moi lui écrivit ce qu'il avoit entendu dire. L'idée d'une rivale fut désolante pour elle. Ce fut bien pis, lorsqu'elle apprit les actions que je venois de faire. Elle ne douta point que tant de gloire ne dût augmenter l'amour. « Je ne suis point princesse, disoit-elle dans son indignation, mais je sens bien qu'il n'y en a aucune sur la terre que je croie mériter que je lui cède un cœur qui doit être à moi;

et, si je l'ai fait voir en Médie, je le ferai voir en Margiane. »

Après mille pensées, elle se fixa, et prit cette résolution.

Elle se défit de la plupart de ses esclaves, en choisit de nouveaux, envoya meubler un palais dans le pays des Sogdiens, se déguisa, prit avec elle des eunuques qui ne m'étoient pas connus, vint secrétement à la cour. Elle s'aboucha avec l'esclave qui lui étoit affidé, et prit avec lui des mesures pour m'enlever dès le lendemain. Je devois aller me baigner dans la rivière. L'esclave me mena dans un endroit du rivage où Ardasire m'attendoit. J'étois à peine déshabillé, qu'on me saisit : on jeta sur moi une robe de femme ; on me fit entrer dans une litière fermée ; on marcha jour et nuit. Nous eûmes bientôt quitté la Margiane, et nous arrivâmes dans le pays des Sogdiens. On m'enferma dans un vaste palais : on me faisoit entendre que la princesse, qu'on disoit avoir du goût pour moi, m'avoit fait enlever et conduire secrétement dans une terre de son apanage.

Ardasire ne vouloit point être connue, ni que je fusse connu : elle cherchoit à jouir de mon erreur. Tous ceux qui n'étoient pas du secret la prenoient pour la princesse. Mais un homme enfermé dans son palais auroit démenti son caractère. On me laissa donc mes habits de femme, et on crut que j'étois une fille nouvellement achetée, et destinée à la servir.

J'étois dans ma dix-septième année. On disoit que j'avois toute la fraîcheur de la jeunesse, et on me louoit sur ma beauté, comme si j'eusse été une fille du palais.

Ardasire, qui savoit que la passion pour la gloire m'avoit déterminé à la quitter, songea à amollir mon courage par toutes sortes de moyens. Je fus mis entre les mains de deux eunuques. On passoit les journées à me parer; on composoit mon teint; on me baignoit; on versoit sur moi les essences les plus délicieuses. Je ne sortois jamais de la maison; on m'apprenoit à travailler moi-même à ma parure; et sur-tout on vouloit m'accoutumer à cette obéissance, sous laquelle les femmes sont abattues dans les grands sérails d'Orient.

J'étois indigné de me voir traité ainsi. Il n'y a rien que je n'eusse osé pour rompre mes chaînes; mais me voyant sans armes, entouré de gens qui avoient toujours les yeux sur moi, je ne craignois pas d'entreprendre, mais de manquer mon entreprise. J'espérois que, dans la suite, je serois moins soigneusement gardé, que je pourrois corrompre quelque esclave, et sortir de ce séjour, ou mourir.

Je l'avouerai même; une espèce de curiosité de voir le dénouement de tout ceci, sembloit rallentir mes pensées. Dans la honte, la douleur et la confusion, j'étois surpris de n'en avoir pas davantage. Mon ame formoit des projets ; ils finissoient tous par un certain trouble : un charme secret, une force inconnue me retenoient dans ce palais.

La feinte princesse étoit toujours voilée, et je n'entendois jamais sa voix. Elle passoit presque toute la journée à me regarder par une jalousie pratiquée à ma chambre. Quelquefois elle me faisoit venir à son appartement. Là, ses filles chantoient les airs les plus tendres : il me sembloit que tout exprimoit son amour. Je n'étois jamais assez près d'elle ; elle n'étoit occupée que de moi : il y avoit toujours quelque chose à raccommoder à ma parure ; elle défaisoit mes cheveux pour les arranger encore : elle n'étoit jamais contente de ce qu'elle avoit fait.

Un jour, on vint me dire qu'elle me permettoit de venir la voir. Je la trouvai sur un sopha de pourpre : ses voiles la couvroient encore ; sa tête étoit mollement penchée, et elle sembloit être dans une douce langueur. J'approchai, et une de ses femmes me parla ainsi : « L'Amour vous favorise ; c'est lui qui, sous ce déguisement, vous a fait venir ici. La princesse vous aime. Tous les cœurs lui seroient soumis, et elle ne veut que le vôtre.

— Comment, dis-je en soupirant, pourrois-je donner un cœur qui n'est pas à moi? Ma chère Ardasire en est la maîtresse; elle le sera toujours. »

Je ne vis point qu'Ardasire marquât d'émotion à ces paroles; mais elle m'a dit depuis qu'elle n'a jamais senti une si grande joie.

« Téméraire, me dit cette femme, la princesse doit être offensée, comme les dieux, lorsqu'on est assez malheureux pour ne pas les aimer!

— Je lui rendrai, répondis-je, toutes sortes d'hommages; mon respect, ma reconnoissance ne finiront jamais : mais le destin, le cruel destin ne me permet point de l'aimer. Grande princesse, ajoutai-je en me jetant à ses genoux, je vous conjure par votre gloire d'oublier un homme qui, par un amour éternel pour une autre, ne sera jamais digne de vous. »

J'entendis qu'elle jeta un profond soupir : je crus m'appercevoir que son visage étoit couvert de larmes. Je me reprochois mon insensibilité; j'aurois voulu, ce que je ne trouvois pas possible, être fidèle à mon amour, et ne pas désespérer le sien.

On me ramena dans mon appartement; et, quelques jours après, je reçus ce billet, écrit d'une main qui m'étoit inconnue.

« L'amour de la princesse est violent, mais il

n'est pas tyrannique : elle ne se plaindra pas même de vos refus, si vous lui faites voir qu'ils sont légitimes. Venez donc lui apprendre les raisons que vous avez pour être si fidèle à cette Ardasire. »

Je fus reconduit auprès d'elle. Je lui racontai toute l'histoire de ma vie. Lorsque je lui parlois de mon amour, je l'entendois soupirer. Elle tenoit ma main dans la sienne, et dans ces momens touchans, elle la serroit malgré elle.

« Recommencez, me disoit une de ses femmes, à cet endroit où vous fûtes si désespéré, lorsque le roi de Médie vous donna sa fille. Reditesnous les craintes que vous eûtes pour Ardasire dans votre fuite. Parlez à la princesse des plaisirs que vous goûtiez lorsque vous étiez dans votre solitude chez les Margiens. »

Je n'avois jamais dit toutes les circonstances : je répétois, et elle croyoit apprendre ; je finissois, et elle s'imaginoit que j'allois commencer.

Le lendemain je reçus ce billet :

« Je comprends bien votre amour, et je n'exige point que vous me le sacrifiiez. Mais êtes-vous sûr que cette Ardasire vous aime encore ? Peut-être refusez-vous pour une ingrate le cœur d'une princesse qui vous adore. »

Je fis cette réponse :

« Ardasire m'aime à un tel point, que je ne saurois demander aux dieux qu'ils augmentassent son amour. Hélas! peut-être qu'elle m'a trop aimé. Je me souviens d'une lettre qu'elle m'écrivit quelque temps après que je l'eus quittée. Si vous aviez vu les expressions terribles et tendres de sa douleur, vous en auriez été touchée. Je crains que, pendant que je suis retenu dans ces lieux, le désespoir de m'avoir perdu, et son dégoût pour la vie, ne lui fassent prendre une résolution qui me mettroit au tombeau. »

Elle me fit cette réponse :

« Soyez heureux, Arsace, et donnez tout votre amour à la beauté qui vous aime : pour moi, je ne veux que votre amitié. »

Le lendemain je fus reconduit dans son appartement. Là, je sentis tout ce qui peut porter à la volupté. On avoit répandu dans la chambre les parfums les plus agréables. Elle étoit sur un lit qui n'étoit fermé que par des guirlandes de fleurs : elle y paroissoit languissamment couchée. Elle me tendit la main, et me fit asseoir auprès d'elle. Tout, jusqu'au voile qui lui couvroit le visage, avoit de la grace. Je voyois la forme de son beau corps. Une simple toile qui se mouvoit sur elle, me faisoit tour-à-tour perdre et trouver des beautés ravissantes. Elle remarqua que mes yeux étoient occupés, et quand elle les vit s'enflammer, la toile sembla s'ouvrir d'elle-même. Je vis tous les trésors d'une beauté divine. Dans ce moment elle me serra la main; mes yeux errèrent par-tout. « Il n'y a, m'écriai-je, que ma chère Ardasire qui soit aussi belle; mais j'atteste les dieux que ma fidelité... » Elle se jeta à mon cou, et me serra dans ses bras. Tout d'un coup la chambre s'obscurcit, son voile s'ouvrit; elle me donna un baiser. Je fus tout hors de moi. Une flamme subite coula dans mes veines, et échauffa tous mes sens. L'idée d'Ardasire s'éloigna de moi. Un reste de souvenir... mais il ne me paroissoit qu'un songe... j'allois... j'allois la préférer à elle-même. Déjà j'avois porté mes mains sur son sein; elles couroient rapidement par-tout, l'amour ne se montroit que par sa fureur; il se précipitoit à la victoire; un moment de plus, et Ardasire ne pouvoit pas se défendre; lorsque tout-à-coup elle fit un effort, elle fut secourue, elle se déroba de moi, et je la perdis.

Je retournai dans mon appartement, surpris moi-même de mon inconstance. Le lendemain on entra dans ma chambre, on me rendit les habits de mon sexe, et le soir on me mena chez celle dont l'idée m'enchantoit encore. J'approchai d'elle, je me mis à ses genoux, et, transporté d'amour, je parlai de mon bonheur, je me plaignis de mes propres refus, je demandai, je promis, j'exigeai, j'osai tout dire, je voulus tout voir; j'allois tout entreprendre. Mais je trouvai un changement étrange; elle me parut glacée; et lorsqu'elle m'eut assez découragé, qu'elle eut joui de tout mon embarras, elle me parla, et j'entendis sa voix pour la première fois : « Ne voulez-vous point voir le visage de celle que vous aimez?... » Ce son de voix me frappa; je restai immobile; j'espérai que ce seroit Ardasire, et je le craignis. « Découvrez ce bandeau, me dit-elle. » Je le fis, et je vis le visage d'Ardasire. Je voulus parler, et ma voix s'arrêta. L'amour, la surprise, la joie, la honte, toutes les passions me saisirent tour-à-tour. « Vous êtes Ardasire, lui dis-je? — Oui, perfide, répondit-elle, je le suis. — Ardasire, lui dis-je d'une voix entrecoupée, pourquoi vous jouez-vous ainsi d'un malheureux amour? » Je voulus l'embrasser. « Seigneur, dit-elle, je suis à vous. Hélas! j'avois espéré de vous revoir plus fidèle. Contentez-vous de commander ici. Punissez-moi, si vous voulez de ce que j'ai fait.... Arsace, ajouta-t-elle en pleurant, vous ne le méritez pas.

— Ma chère Ardasire, lui dis-je, pourquoi me désespérez-vous? Auriez-vous voulu que j'eusse été insensible à des charmes que j'ai toujours adorés? Comptez que vous n'êtes pas d'accord avec vous-même. N'étoit-ce pas vous que j'aimois? Ne sont-ce pas ces beautés qui m'ont toujours charmé? — Ah! dit-elle, vous auriez aimé une autre que moi. — Je n'aurois point, lui dis-je, aimé une autre que vous. Tout ce qui n'auroit point été vous m'auroit déplu. Qu'eût-ce été, lorsque je n'aurois point vu cet adorable visage, que je n'aurois pas entendu cette voix, que je n'aurois pas trouvé ces yeux? Mais, de grace, ne me désespérez pas; songez que, de toutes les infidélités que l'on peut faire, j'ai sans doute commis la moindre. »

Je connus à la langueur de ses yeux qu'elle n'étoit plus irritée; je le connus à sa voix mourante. Je la tins dans mes bras. Qu'on est heureux quand on tient dans ses bras ce que l'on aime! Comment exprimer ce bonheur, dont l'excès n'est que pour les vrais amans? Lorsque l'amour renaît après lui-même, lorsque tout promet, que tout demande, que tout obéit; lorsqu'on sent qu'on a tout, et que l'on sent que l'on n'a pas assez; lorsque l'ame semble s'abandonner et se porter au-delà de la nature même.

Ardasire, revenue à elle, me dit : « Mon cher Arsace, l'amour que j'ai eu pour vous m'a fait faire des choses bien extraordinaires. Mais un amour bien violent n'a de règle ni de loi. On ne le connoît guère, si l'on ne met ses caprices au nombre de ses plus grands plaisirs. Au nom des dieux, ne me quitte plus. Que peut-il te manquer? Tu es heureux si tu m'aimes. Tu es sûr que jamais mortel n'a été tant aimé. Dis-moi, promets-moi, jure-moi que tu resteras ici. »

Je lui fis mille sermens; ils ne furent interrompus que par mes embrassemens, et elle les crut.

Heureux l'amour lors même qu'il s'appaise, lorsqu'après qu'il a cherché à se faire sentir, il aime à se faire connoître, lorsqu'après avoir joui des beautés, il ne se sent plus touché que par les graces.

Nous vécûmes dans la Sogdiane dans une félicité que je ne saurois vous exprimer. Je n'avois resté que quelques mois dans la Margiane, et ce séjour m'avoit déjà guéri de l'ambition. J'avois eu la faveur du roi; mais je m'apperçus bientôt qu'il ne pouvoit me pardonner mon courage et sa frayeur. Ma présence le mettoit dans l'embarras; il ne pouvoit donc pas m'aimer. Ses courtisans s'en apperçurent, et dès-lors ils se donnèrent bien de garde de me trop estimer; et, pour que je n'eusse pas sauvé l'état du péril, tout le monde convenoit à la cour qu'il n'y avoit pas eu de péril.

Ainsi, également dégoûté de l'esclavage et des esclaves, je ne connus plus d'autre passion que mon amour pour Ardasire, et je m'estimai cent fois plus heureux de rester dans la seule dépendance que j'aimois, que de rentrer dans une autre que je ne pouvois que haïr.

Il nous parut que le génie nous avoit suivis. Nous nous retrouvâmes dans la même abondance, et nous vîmes toujours de nouveaux prodiges.

Un pêcheur vint nous vendre un poisson : on m'apporta une bague fort riche qu'on avoit trouvée dans son gosier.

Un jour, manquant d'argent, j'envoyai vendre quelques pierreries à la ville prochaine : on m'en apporta le prix, et quelques jours après je vis sur ma table les pierreries.

« Grands dieux ! dis-je en moi-même, il m'est donc impossible de m'appauvrir. »

Nous voulûmes tenter le génie, et nous lui demandâmes une somme immense. Il nous fit bien voir que nos vœux étoient indiscrets. Nous trouvâmes quelques jours après sur la table la plus petite somme que nous eussions encore reçue. Nous ne pûmes, en la voyant, nous empêcher de rire. « Le génie nous joue, dit Ardasire. — Ah ! m'écriai-je, les dieux sont de bons dispensateurs : la médiocrité qu'ils nous accordent vaut bien mieux que les trésors qu'ils nous refusent. »

Nous n'avions aucune des passions tristes. L'aveugle ambition, la soif d'acquérir, l'envie de dominer sembloient s'éloigner de nous, et être les passions d'un autre univers. Ces sortes de biens ne sont faits que pour entrer dans le vide des ames que la nature n'a point remplies. Ils n'ont été imaginés que par ceux qui se sont trouvés incapables de bien sentir les autres.

Je vous ai déjà dit que nous étions adorés de cette petite nation qui formoit notre maison. Nous nous aimions Ardasire et moi; et sans doute que l'effet naturel de l'amour est de rendre heureux ceux qui s'aiment. Mais cette bienveillance générale que nous trouvons dans tous ceux qui sont autour de nous, peut rendre plus heureux que l'amour même. Il est impossible que ceux qui ont le cœur bien fait ne se plaisent au milieu de cette bienveillance générale. Étrange effet de la nature! L'homme n'est jamais si peu à lui, que lorsqu'il paroit l'être davantage. Le cœur n'est jamais le cœur, que quand il se donne, parce que ces jouissances sont hors de lui.

C'est ce qui fait que ces idées de grandeur, qui retirent toujours le cœur vers lui-même, trompent ceux qui en sont enivrés; c'est ce qui fait qu'ils s'étonnent de n'être point heureux au milieu de ce qu'ils croient être le bonheur; que, ne le trouvant point dans la grandeur, ils cherchent plus de grandeur encore. S'ils n'y peuvent atteindre, ils se croient plus malheureux; s'ils y atteignent, ils ne trouvent pas encore le bonheur.

C'est l'orgueil qui, à force de nous posséder, nous empêche de nous posséder; et qui, nous concentrant dans nous-mêmes, y porte toujours la tristesse. Cette tristesse vient de la solitude du cœur, qui se sent toujours fait pour jouir, et qui ne jouit pas; qui se sent toujours fait pour les autres, et qui ne les trouve pas.

Ainsi nous aurions goûté des plaisirs que donne la nature toutes les fois qu'on ne la fuit pas. Nous aurions passé notre vie dans la joie, l'innocence et la paix. Nous aurions compté nos années par le renouvellement des fleurs et des fruits; nous aurions perdu nos années dans la rapidité d'une vie heureuse. J'aurois vu tous les jours Ardasire, et je lui aurois dit que je l'aimois; la même terre auroit repris son ame et la mienne : mais tout-à-coup mon bonheur s'évanouit, et j'éprouvai le revers du monde le plus affreux.

Le prince du pays étoit un tyran capable de tous les crimes; mais rien ne le rendoit si odieux que les outrages continuels qu'il faisoit à un sexe sur lequel il n'est pas seulement permis de lever les yeux. Il apprit, par une esclave sortie du sérail d'Ardasire, qu'elle étoit la plus belle personne de l'Orient. Il n'en fallut pas davantage pour le déterminer à me l'enlever.

Une nuit, une grosse troupe de gens armés entoura ma maison, et le matin je reçus un ordre du tyran de lui envoyer Ardasire. Je vis l'impossibilité de la faire sauver. Ma première idée fut de lui aller donner la mort dans le sommeil où elle étoit ensevelie. Je pris mon épée, je courus, j'entrai dans sa chambre, j'ouvris les rideaux ; je reculai d'horreur, et tous mes sens se glacèrent; une nouvelle rage me saisit. Je voulus aller me jeter au milieu de ces satellites, et immoler tout ce qui se présenteroit à moi. Mon esprit s'ouvrit pour un dessein plus suivi, et je me calmai. Je résolus de prendre les habits que j'avois eus il y avoit quelques mois, de monter, sous le nom d'Ardasire, dans la litière que le tyran lui avoit destinée, de me faire mener à lui. Outre que je ne voyois point d'autre ressource, je sentois en moi-même du plaisir à faire une action de courage sous les mêmes habits avec lesquels l'aveugle amour avoit au paravant avili mon sexe. J'exécutai tout de sang-froid. J'ordonnai que l'on cachât à Ardasire le péril que je courois, et que, si-tôt que je serois parti, on la fît sauver dans un autre pays. Je pris avec moi un esclave dont je connoissois le courage, et je me livrai aux femmes et aux eunuques que le tyran avoit envoyés. Je ne restai pas deux jours en chemin, et, quand j'arrivai, la nuit étoit déjà avancée. Le tyran donnoit un festin à ses femmes et à ses courtisans, dans une salle de ses jardins. Il étoit dans cette gaieté stupide que donne la débauche, lorsqu'elle a été portée à l'excès. Il ordonna que l'on me fît venir. J'entrai dans la salle du festin : il me fit mettre auprès de lui, et je sus cacher ma fureur et le désordre de mon ame. J'étois comme incertain dans mes souhaits. Je voulois attirer les regards du tyran, et quand il les tournoit vers moi, je sentois redoubler ma rage. « Parce qu'il me croit Ardasire, disois-je en moi-même, il ose m'aimer. » Il me sembloit que je voyois multiplier ses outrages, et qu'il avoit trouvé mille manières d'offenser mon amour. Cependant j'étois prêt à jouir de la plus affreuse vengeance. Il s'enflammoit, et je le voyois insensiblement approcher de son malheur. Il sortit de la salle du festin, et me mena dans un appartement plus reculé de ses jardins, suivi d'un seul eunuque et de mon esclave. Déjà sa fureur brutale alloit l'éclaircir sur mon sexe. « Ce fer, m'écriai-je, t'apprendra mieux que je suis un homme. Meurs, et qu'on dise aux enfers que l'époux d'Ardasire a puni tes crimes. » Il tomba à mes pieds, et dans ce moment la porte de l'appartement s'ouvrit; car si-tôt que mon esclave avoit entendu ma voix il avoit tué l'eunuque qui la gardoit, et s'en étoit saisi. Nous fuîmes; nous errions dans les jardins; nous rencontrâmes un homme; je le saisis : « Je te plongerai, lui dis-je, ce poignard dans le sein, si tu ne me fais sortir d'ici. » C'étoit un jardinier qui tout tremblant de peur, me mena à une porte qu'il ouvrit; je la lui fis refermer, et lui ordonnai de me suivre.

Je jetai mes habits, et pris un manteau d'esclave. Nous errâmes dans les bois, et, par un bonheur inespéré, lorsque nous étions accablés de lassitude, nous trouvâmes un marchand qui faisoit paître ses chameaux; nous l'obligeâmes de nous mener hors de ce funeste pays.

A mesure que j'évitois tant de dangers, mon cœur devenoit moins tranquille. Il falloit revoir Ardasire, et tout me faisoit craindre pour elle. Ses femmes et ses eunuques lui avoient caché l'horreur de notre situation; mais, ne me voyant plus auprès d'elle, elle me croyoit coupable; elle s'imaginoit que j'avois manqué à tant de sermens que je lui avois faits. Elle ne pouvoit concevoir cette barbarie de l'avoir fait enlever sans rien lui dire. L'amour voit tout ce qu'il craint. La vie lui devint insupportable; elle prit du poison; il ne fit pas son effet violemment. J'arrivai, et je la trouvai mourante. « Ardasire, lui dis-je, je vous perds, vous mourez! cruelle Ardasire! hélas! qu'avois-je fait?....... » Elle versa quelques larmes. « Arsace, me dit-elle, il n'y a qu'un moment que la mort me sembloit délicieuse; elle me paroît terrible depuis que je vous vois. Je sens que je voudrois revivre pour vous, et que mon ame me quitte malgré elle.

Conservez mon souvenir; et, si j'apprends qu'il vous est cher, comptez que je ne serai point tourmentée chez les ombres. J'ai du moins cette consolation, mon cher Arsace, de mourir dans vos bras. »

Elle expira. Il me seroit impossible de dire comment je n'expirai pas aussi. On m'arracha d'Ardasire, et je crus qu'on me séparoit de moi-même. Je fixai mes yeux sur elle, et je restai immobile ; j'étois devenu stupide. On m'ôta ce terrible spectacle, et je sentis mon ame reprendre toute sa sensibilité. On m'entraîna : je tournois les yeux vers ce fatal objet de ma douleur; j'aurois donné mille vies pour le voir encore un moment. J'entrai en fureur, je pris mon épée, j'allois me percer le sein; on m'arrêta. Je sortis de ce palais funeste, je n'y rentrai plus. Mon esprit s'aliéna : je courois dans les bois; je remplissois l'air de mes cris. Quand je devenois plus tranquille, toutes les forces de mon ame la fixoient à ma douleur. Il me sembla qu'il ne me restoit plus rien dans le monde que ma tristesse et le nom d'Ardasire. Ce nom, je le prononçois d'une voix terrible, et je rentrois dans le silence. Je résolus de m'ôter la vie, et tout-à-coup j'entrai en fureur. « Tu veux mourir, me dis-je à moi-même, et Ardasire n'est pas vengée. Tu veux mourir, et le fils du tyran est en Hircanie, qui se baigne dans les délices. Il vit, et tu veux mourir! »

Je me suis mis en chemin pour l'aller chercher. J'ai appris qu'il vous avoit déclaré la guerre; j'ai volé à vous. Je suis arrivé trois jours avant la bataille, et j'ai fait l'action que vous connoissez. J'aurois percé le fils du tyran; j'ai mieux aimé le faire prisonnier. Je veux qu'il traîne dans la honte et dans les fers une vie aussi malheureuse que la mienne. J'espère que quelque jour il apprendra que j'aurai fait mourir le dernier des siens. J'avoue pourtant que, depuis que je suis vengé, je ne me trouve pas plus heureux; et je sens bien que l'espoir de la vengeance flatte plus que la vengeance même. Ma rage que j'ai satisfaite, l'action que vous avez vue, les acclamations du peuple, seigneur, votre amitié même, ne me rendent point ce que j'ai perdu. »

La surprise d'Aspar avoit commencé presque avec le récit qu'il avoit entendu. Si-tôt qu'il avoit ouï le nom d'Arsace, il avoit reconnu le mari de la reine. Des raisons d'état l'avoient obligé d'envoyer chez les Mèdes Isménie, la plus jeune des filles du dernier roi, et il l'y avoit fait élever en secret sous le nom d'Ardasire. Il l'avoit mariée à Arsace; il avoit toujours eu des gens affidés dans le sérail d'Arsace; il étoit le génie qui, par ces mêmes gens, avoit répandu tant de richesses dans la maison d'Arsace, et qui, par des voies très-simples, avoit fait imaginer tant de prodiges.

Il avoit eu de très-grandes raisons pour cacher à Arsace la naissance d'Ardasire. Arsace, qui avoit beaucoup de courage, auroit pu faire valoir les droits de sa femme sur la Bactriane, et la troubler.

Mais ces raisons ne subsistoient plus, et, quand il entendit le récit d'Arsace, il eut mille fois envie de l'interrompre, mais il crut qu'il n'étoit pas encore temps de lui apprendre son sort. Un ministre accoutumé à arrêter ses mouvemens, revenoit toujours à la prudence; il pensoit à préparer un grand événement, et non pas à le hâter.

Deux jours après, le bruit se répandit que l'eunuque avoit mis sur le trône une fausse Isménie. On passa des murmures à la sédition. Le peuple furieux entoura le palais; il demanda à haute voix la tête d'Aspar. L'eunuque fit ouvrir une des portes; et, monté sur un éléphant, il s'avança dans la foule. « Bactriens, dit-il, écoutez-moi. » Et, comme on murmuroit encore : « Écoutez-moi, vous dis-je. Si vous pouvez me faire mourir à présent, vous pourrez dans un moment me faire mourir tout de même. Voici un papier écrit et scellé de la main du feu roi, prosternez-vous, et adorez-le; je vais le lire. »

Il le lut :

« Le ciel m'a donné deux filles, qui se ressemblent au point que tous les yeux peuvent s'y tromper. Je crains que cela ne donne occasion à de plus grands troubles et à des guerres plus funestes. Vous donc, Aspar, lumière de l'empire, prenez la plus jeune des deux, envoyez-la secrètement dans la Médie, et faites en prendre soin. Qu'elle y reste sous un nom supposé, tant que le bien de l'état le demandera. »

Il porta cet écrit au-dessus de sa tête, et il s'inclina; puis, reprenant la parole :

« Isménie est morte, n'en doutez pas; mais sa sœur, la jeune Isménie, est sur le trône. Voudriez-vous vous plaindre de ce que, voyant la mort de la reine approcher, j'ai fait venir sa sœur du fond de l'Asie ? Me reprocheriez-vous d'avoir été assez heureux pour vous la rendre, et la placer sur un trône qui, depuis la mort de la reine sa sœur, lui appartient? Si j'ai tû la mort de la reine, l'état des affaires ne l'a-t-il pas demandé? Me blâmez-vous d'avoir fait une action de fidélité avec prudence? Posez donc les armes. Jusqu'ici vous n'êtes point coupables; dès ce moment, vous le seriez. »

Aspar expliqua ensuite comment il avoit confié la jeune Isménie à deux vieux eunuques; comment on l'avoit transportée en Médie sous un nom supposé; comment il l'avoit mariée à un grand seigneur du pays; comment il l'avoit fait suivre dans tous les lieux où la fortune l'avoit conduite; comment la maladie de la reine l'avoit déterminé à la faire enlever pour être gardée en secret dans le serrail; comment, après la mort de la reine, il l'avoit placée sur le trône.

Comme les flots de la mer agitée s'appaisent par les zéphyrs, le peuple se calma par les paroles d'Aspar. On n'entendit plus que des acclamations de joie; tous les temples retentirent du nom de la jeune Isménie.

Aspar inspira à Isménie de voir l'étranger qui avoit rendu un si grand service à la Bactriane, il lui inspira de lui donner une audience éclatante. Il fut résolu que les grands et les peuples seroient assemblés; que là, il seroit déclaré général des armées de l'état, et que la reine lui ceindrait l'épée. Les principaux de la nation étoient rangés autour d'une grande salle, et une foule de peuple en occupoit le milieu et l'entrée. La reine étoit sur son trône, vêtue d'un habit superbe. Elle avoit la tête couverte de pierreries; elle avoit, selon l'usage de ces solemnités, levé son voile, et l'on voyoit le visage de la beauté même. Arsace parut, et le peuple commença ses acclamations. Arsace, les yeux baissés par respect, resta un moment dans le silence, et adressant la parole à la reine :

« Madame, lui dit-il d'une voix basse et entrecoupée, si quelque chose pouvoit rendre à mon ame quelque tranquilité et me consoler de mes malheurs.... »

La reine ne le laissa pas achever ; elle crut d'abord reconnoître le visage ; elle reconnut encore la voix d'Arsace. Tout hors d'elle-même, et ne se connoissant plus, elle se précipita de son trône, et se jeta aux genoux d'Arsace.

« Mes malheurs ont été plus grands que les tiens, dit-elle, mon cher Arsace. Hélas ! je croyois ne te revoir jamais. Depuis le fatal moment qu nous a séparés, mes douleurs ont été mortelles. »

Et, comme si elle avoit passé tout-à-coup d'une manière d'aimer à une autre manière d'aimer, ou qu'elle se trouvât incertaine sur l'impétuosité de l'action qu'elle venoit de faire : elle se releva tout-à-coup, et une rougeur modeste parut sur son visage.

« Bactriens, dit-elle, c'est aux genoux de mon époux que vous m'avez vue. C'est ma félicité d'avoir pu faire paroître devant vous mon amour. J'ai descendu de mon trône, parce que je n'y étois pas avec lui, et j'atteste les dieux que je n'y remonterai pas sans lui. Je goûte ce plaisir que la plus belle action de mon règne, c'est par lui qu'elle a été faite, et que c'est pour moi qui l'a faite. Grands, peuples, et citoyens, croyez-vous que celui qui règne sur moi soit digne de régner sur vous? Approuvez-vous mon choix? Elisez-vous Arsace? Dites-le moi, parlez. »

A peine les dernières paroles de la reine furent-elles entendues, que tout le palais retentit d'acclamations; on n'entendit plus que le nom d'Arsace et celui d'Isménie.

Pendant tout ce temps, Arsace étoit comme stupide. Il voulut parler, sa voix s'arrêta; il voulut se mouvoir, et il resta sans action. Il ne voyoit pas la reine, il ne voyoit pas le peuple; à peine entendoit-il les acclamations : la joie le troubloit tellement, que son ame ne put sentir toute sa félicité.

Mais, quand Aspar eut fait retirer le peuple, Arsace pencha la tête sur la main de la reine.

« Ardasire, vous vivez; vous vivez, ma chère Ardasire.... Je mourois tous les jours de douleur.... Comment les dieux vous ont-ils rendue à la vie? »

Elle se hâta de lui raconter comment une de ses femmes avoit substitué au poison une liqueur enivrante. Elle avoit été trois jours sans mouvement; on l'avoit rendue à la vie : sa première parole avoit été le nom d'Arsace; ses yeux ne s'étoient ouverts que pour le voir; elle l'avoit fait chercher, elle l'avoit cherché elle-même. Aspar l'avoit fait enlever, et, après la mort de sa sœur, il l'avoit placée sur le trône.

Aspar avoit rendu éclatante l'entrevue d'Arsace et d'Isménie. Il se ressouvenoit de la dernière sédition. Il croyoit qu'après avoir pris sur lui de mettre Isménie sur le trône, il n'étoit pas à propos qu'il parût encore avoir contribué à y placer Arsace. Il avoit pour maxime de ne faire jamais lui-même ce que les autres pouvoient faire, et d'aimer le bien, de quelque main qu'il pût venir. D'ailleurs, connoissant la beauté du caractère d'Arsace et d'Isménie, il désiroit de les faire paroître dans leur jour. Il vouloit leur concilier ce respect que s'attirent toujours les grandes ames dans toutes les occasions où elles peuvent se montrer. Il cherchoit à leur attirer cet amour que l'on porte à ceux qui ont éprouvé de grands malheurs. Il vouloit faire naître cette admiration que l'on a pour tous ceux qui sont capables de sentir les belles passions. Enfin, il croyoit que rien n'étoit plus propre à faire perdre à Arsace le titre d'étranger, et à lui faire trouver celui de Bactrien dans tous les cœurs des peuples de la Bactriane.

Arsace jouissoit d'un bonheur qui lui paroissoit inconcevable. Ardasire, qu'il croyoit morte, lui étoit rendue ; Ardasire étoit Isménie ; Ardasire étoit reine de Bactriane ; Ardasire l'en avoit fait roi. Il passoit du sentiment de sa grandeur au sentiment de son amour. Il aimoit ce diadême qui, bien loin d'être un signe d'indépendance, l'avertissoit sans cesse qu'il étoit à elle; il aimoit ce trône, parce qu'il voyoit la main qui l'y avoit fait monter.

Isménie goûtoit pour la première fois le plaisir de voir qu'elle étoit une grande reine. Avant l'arrivée d'Arsace, elle avoit une grande fortune, mais il lui manquoit un cœur capable de la sentir : au milieu de sa cour, elle se trouvoit seule; dix millions d'hommes étoient à ses pieds, et elle se croyoit abandonnée.

Arsace fit d'abord venir le prince d'Hircanie.

« Vous avez, lui dit-il, paru devant moi, et les fers ont tombé de vos mains : il ne faut point qu'il y ait d'infortuné dans l'empire du plus heureux des mortels.

« Quoique je vous aie vaincu, je ne crois pas que vous m'ayez cédé en courage : je vous prie de consentir que vous me cédiez en générosité. »

Le caractère de la reine étoit la douceur, et sa fierté naturelle disparoissoit toujours toutes les fois qu'elle devoit disparoître.

« Pardonnez-moi, dit-elle au prince d'Hircanie, si je n'ai pas répondu à des feux qui n'étoient pas légitimes. L'épouse d'Arsace ne pouvoit pas être la vôtre; vous ne devez vous plaindre que du destin.

« Si l'Hircanie et la Bactriane ne forment pas

un même empire, ce sont des états faits pour être alliés. Isménie peut promettre de l'amitié, si elle n'a pas pu promettre de l'amour.

— Je suis, répondit le prince, accablé de tant de malheurs et comblé de tant de bienfaits, que je ne sais si je suis un exemple de la bonne ou de la mauvaise fortune.

« J'ai pris les armes contre vous, pour me venger d'un mépris que vous n'aviez pas. Ni vous ni moi ne méritions que le ciel favorisât mes projets. Je vais retourner dans l'Hircanie; et j'y oublierois bientôt mes malheurs, si je ne comptois parmi mes malheurs celui de vous avoir vue, et celui de ne plus vous voir.

« Votre beauté sera chantée dans tout l'Orient; elle rendra le siècle où vous vivez plus célèbre que tous les autres; et, dans les races futures, les noms d'Arsace et d'Isménie seront les titres les plus flatteurs pour les belles et les amans. »

Un événement imprévu demanda la présence d'Arsace dans une province du royaume : il quitta Isménie. Quels tendres adieux! quelles douces larmes! C'étoit moins un sujet de s'affliger, qu'une occasion de s'attendrir. La peine de se quitter se joignit à l'idée de la douceur de se revoir.

Pendant l'absence du roi, tout fut par ses soins disposé de manière que le temps, le lieu, les personnes, chaque événement offroit à Isménie des marques de son souvenir. Il étoit éloigné, et ses actions disoient qu'il étoit auprès d'elle ; tout étoit d'intelligence pour lui rappeller Arsace : elle ne trouvoit point Arsace; mais elle trouvoit son amant.

Arsace écrivoit continuellement à Isménie; elle lisoit :

« J'ai vu les superbes villes qui conduisent à vos frontières ; j'ai vu des peuples innombrables tomber à mes genoux. Tout me disoit que je régnois dans la Bactriane : je ne voyois point celle qui m'en avoit fait roi, et je ne l'étois plus. »

Il lui disoit :

« Si le ciel vouloit m'accorder le breuvage d'immortalité tant cherché dans l'Orient, vous boiriez dans la même coupe, ou je n'en approcherois pas mes lèvres ; vous seriez immortelle avec moi, ou je mourrois avec vous. »

Il lui mandoit :

« J'ai donné votre nom à la ville que j'ai fait bâtir; il me semble qu'elle sera habitée par nos sujets les plus heureux. »

Dans une autre lettre, après ce que l'amour

pouvoit dire de plus tendre sur les charmes de sa personne, il ajoutoit :

« Je vous dis ces choses sans même chercher à vous plaire : je voudrois calmer mes ennuis ; je sens que mon ame s'appaise en vous parlant de vous. »

Enfin elle reçut cette lettre :

« Je comptois les jours ; je ne compte plus que les momens, et ces momens sont plus longs que les jours. Belle reine, mon cœur est moins tranquille à mesure que j'approche de vous. »

Après le retour d'Arsace, il lui vint des ambassades de toutes parts ; il y en eut qui parurent singulières. Arsace étoit sur un trône qu'on avoit élevé dans la cour du palais. L'ambassadeur des Parthes entra d'abord ; il étoit monté sur un superbe coursier ; il ne descendit point à terre, et il parla ainsi :

« Un tigre d'Hircanie désoloit la contrée, un éléphant l'étouffa sous ses pieds. Un jeune tigre restoit, et il étoit déjà aussi cruel que son père ; l'éléphant en délivra encore le pays. Tous les animaux, qui craignoient les bêtes féroces, venoient paître autour de lui. Il se plaisoit à voir qu'il étoit leur asyle, et il disoit en lui-même : On dit que le tigre est le roi des animaux, il n'en est que le tyran, et j'en suis le roi. »

L'ambassadeur des Perses parla ainsi :

« Au commencement du monde, la lune fut mariée avec le soleil. Tous les astres du firmament vouloient l'épouser. Elle leur dit : Regardez le soleil, et regardez-vous, vous n'avez pas tous ensemble autant de lumière que lui. »

L'ambassadeur d'Égypte vint ensuite, et dit :

« Lorsqu'Isis épousa le grand Osiris, ce mariage fut la cause de la prospérité de l'Égypte, et le type de sa fécondité. Telle sera la Bactriane; elle deviendra heureuse par le mariage de ses dieux. »

Arsace faisoit mettre sur les murailles de tous ses palais son nom avec celui d'Isménie. On voyoit leurs chiffres par-tout entrelacés. Il étoit défendu de peindre Arsace qu'avec Isménie.

Toutes les actions qui demandoient quelque sévérité, il vouloit paroître les faire seul; il voulut que les graces fussent faites sous son nom et celui d'Isménie.

« Je vous aime, lui disoit-il, à cause de votre beauté divine et de vos graces toujours nouvelles. Je vous aime encore, parce que, quand j'ai fait quelque action digne d'un grand roi, il me semble que je vous plais davantage.

« Vous avez voulu que je fusse votre roi, quand je ne pensois qu'au bonheur d'être votre époux; et ces plaisirs, dont je m'enivrois avec vous, vous m'avez appris à les fuir lorsqu'il s'agissoit de ma gloire.

« Vous avez accoutumé mon ame à la clémence; et lorsque vous avez demandé des choses qu'il n'étoit pas permis d'accorder, vous m'avez toujours fait respecter ce cœur qui les avoit demandées.

« Les femmes de votre palais ne sont point entrées dans les intrigues de la cour; elles ont cherché la modestie et l'oubli de tout ce qu'elles ne doivent point aimer.

« Je crois que le ciel a voulu faire de moi un grand prince, puisqu'il m'a fait trouver dans les écueils ordinaires des rois des secours pour devenir vertueux. »

Jamais les Bactriens ne virent des temps si heureux. Arsace et Isménie disoient qu'ils régnoient sur le meilleur peuple de l'univers : les Bactriens disoient qu'ils vivoient sous les meilleurs de tous les princes.

Il disoit qu'étant né sujet, il avoit souhaité mille fois de vivre sous un bon prince, et que ses sujets faisoient sans doute les mêmes vœux que lui.

Il ajoutoit qu'ayant le cœur d'Isménie, il devoit lui offrir tous les cœurs de l'univers; il ne pouvoit lui apporter un trône, mais des vertus capables de le remplir.

Il croyoit que son amour devoit passer à la postérité, et qu'il n'y passeroit jamais mieux qu'avec sa gloire. Il vouloit qu'on écrivit ces paroles sur son tombeau : ISMÉNIE A EU POUR ÉPOUX UN ROI CHÉRI DES MORTELS.

Il disoit qu'il aimoit Aspar, son premier ministre, parce qu'il parloit toujours des sujets, plus rarement du roi, et jamais de lui-même.

« Il a, disoit-il, trois grandes choses : l'esprit juste, le cœur sensible, et l'ame sincère. »

Arsace parloit souvent de l'innocence de son administration. Il disoit qu'il conservoit ses mains pures, parce que le premier crime qu'il commettroit décideroit de toute sa vie, et que là commenceroit la chaîne d'une infinité d'autres.

« Je punirois, disoit-il, un homme sur des soupçons. Je croirois en rester là; non : de nouveaux soupçons me viendroient en foule contre les parens et les amis de celui que j'aurois fait mourir. Voilà le germe d'un second crime. Ces actions violentes me feroient penser que je serois haï de mes sujets : je commencerois à les craindre. Ce seroit le sujet de nouvelles exécutions, qui deviendroient elles-mêmes le sujet de nouvelles frayeurs.

« Que si ma vie étoit une fois marquée de ces sortes de taches, le désespoir d'acquérir une bonne réputation viendroit me saisir; et, voyant que je n'effacerois jamais le passé, j'abandonnerois l'avenir. »

Arsace aimoit si fort à conserver les lois et les anciennes coutumes des Bactriens, qu'il trembloit toujours au mot de réformation des abus, parce qu'il avoit souvent remarqué que chacun appeloit loi ce qui étoit conforme à ses vues, et appeloit abus tout ce qui choquoit ses intérêts.

Que de corrections en corrections d'abus, au lieu de rectifier les choses, on parvenoit à les anéantir.

Il étoit persuadé que le bien ne devoit couler dans un état que par le canal des lois; que le moyen de faire un bien permanent, c'étoit, en faisant le bien, de les suivre; que le moyen de faire un mal permanent, c'étoit, en faisant le mal, de les choquer;

Que les devoirs des princes ne consistoient pas moins dans la défense des lois contre les passions des autres, que contre leurs propres passions;

Que le desir général de rendre les hommes heureux étoit naturel aux princes; mais que ce desir n'aboutissoit à rien, s'ils ne se procuroient continuellement des connoissances particulières pour y parvenir;

Que, par un grand bonheur, le grand art de régner demandoit plus de sens que de génie, plus de desir d'acquérir des lumières que de grandes lumières, plutôt des connoissances pratiques que des connoissances abstraites, plutôt un certain discernement pour connoître les hommes que la capacité de les former;

Qu'on apprenoit à connoître les hommes en se communiquant à eux, comme on apprend toute autre chose; qu'il est très-incommode pour les défauts et pour les vices de se cacher toujours; que la plupart des hommes ont une enveloppe; mais qu'elle tient et serre si peu qu'il est très-difficile que quelque côté ne vienne à se découvrir.

Arsace ne parloit jamais des affaires qu'il pouvoit avoir avec les étrangers; mais il aimoit à s'entretenir de celles de l'intérieur de son royaume, parce que c'étoit le seul moyen de le bien connoître; et là-dessus, il disoit qu'un bon prince devoit être secret, mais qu'il pouvoit quelquefois l'être trop.

Il disoit qu'il sentoit en lui-même qu'il étoit un bon roi; qu'il étoit doux, affable, humain; qu'il aimoit la gloire, qu'il aimoit ses sujets; que cependant, si, avec ses belles qualités, il ne s'étoit gravé dans l'esprit les grands principes de gouvernement, il seroit arrivé la chose la plus triste, que ses sujets auroient eu un bon roi; et qu'ils auroient peu joui de ce bonheur, et que ce beau présent de la Providence auroit été en quelque sorte inutile pour eux.

« Celui qui croit trouver le bonheur sur le trône, se trompe, disoit Arsace : on n'y a que le bonheur qu'on y a porté, et souvent même on y risque ce bonheur que l'on a porté. Si donc les dieux, ajoutoit-il, n'ont pas fait le commandement pour le bonheur de ceux qui commandent, il faut qu'ils l'aient fait pour le bonheur de ceux qui obéissent. »

Arsace savoit donner, parce qu'il savoit refuser.

« Souvent, disoit-il, quatre villages ne suffisent pas pour faire un don à un grand seigneur prêt à devenir misérable, ou à un misérable prêt à devenir grand seigneur. Je puis bien enrichir la pauvreté d'état ; mais il m'est impossible d'enrichir la pauvreté de luxe. »

Arsace étoit plus curieux d'entrer dans les chaumières que dans les palais de ses grands.

« C'est là, disoit-il, que je trouve mes vrais conseillers. Là je me ressouviens de ce que mon palais me fait oublier. Ils me disent leurs besoins. Ce sont les petits malheurs de chacun qui composent le malheur général. Je m'instruis de tous ces malheurs, qui, tous ensemble, pourroient former le mien.

« C'est dans ces chaumières que je vois ces objets tristes, qui font toujours les délices de ceux qui peuvent les faire changer, et qui me font connoître que je puis devenir un plus grand prince que je ne le suis. J'y vois la joie succéder aux larmes; au lieu que dans mon palais je ne puis guère voir que les larmes succéder à la joie. »

On lui dit un jour que, dans quelques réjouissances publiques, des farceurs avoient chanté ses louanges.

« Savez-vous bien, dit-il, pourquoi je permets à ces gens-là de me louer? C'est afin de me faire mépriser la flatterie, et de la rendre vile à tous les gens de bien. J'ai un si grand pouvoir, qu'il sera toujours naturel de chercher à me plaire. J'espère bien que les dieux ne permettront point que la flatterie me plaise jamais. Pour vous, mes amis, dites-moi la vérité; c'est la seule chose du monde que je désire, parce que c'est la seule chose du monde qui puisse me manquer. »

Ce qui avoit troublé la fin du règne d'Artamène, c'est que dans sa jeunesse il avoit conquis quelques petits peuples voisins, situés entre la Médie et la Bactriane. Ils étoient ses alliés; il voulut les avoir pour sujets, il les eut pour ennemis; et, comme ils habitoient les montagnes, ils ne furent jamais bien assujettis : au contraire, les Mèdes se servoient d'eux pour troubler le royaume; de sorte que le conquérant avoit beaucoup affoibli le monarque, et que, lorsque Arsace monta sur le trône, ces peuples étoient encore peu affectionnés. Bientôt les Mèdes les firent révolter. Arsace vola, et les soumit. Il fit assembler la nation, et parla ainsi :

« Je sais que vous souffrez impatiemment la domination des Bactriens : je n'en suis point surpris. Vous aimez vos anciens rois qui vous ont comblés de bienfaits. C'est à moi à faire en sorte, par ma modération et par ma justice, que vous me regardiez comme le vrai successeur de ceux que vous avez tant aimés. »

Il fit venir les deux chefs les plus dangereux de la révolte, et dit au peuple :

« Je les fais mener devant vous, pour que vous les jugiez vous-mêmes. »

Chacun, en les condamnant, chercha à se justifier.

« Connoissez, leur dit-il, le bonheur que vous avez de vivre sous un roi qui n'a point de passion lorsqu'il punit, et qui n'en met que quand il récompense ; qui croit que la gloire de vaincre n'est que l'effet du sort, et qu'il ne tient que de lui-même celle de pardonner.

« Vous vivrez heureux sous mon empire, et vous garderez vos usages et vos lois. Oubliez que je vous ai vaincus par les armes, et ne le soyez que par mon affection. »

Toute la nation vint rendre graces à Arsace de

sa clémence et de la paix. Des vieillards portoient la parole.

Le premier parla ainsi :

« Je crois voir ces grands arbres qui font l'ornement de notre contrée. Tu en es la tige, et nous en sommes les feuilles; elles couvriront les racines des ardeurs du soleil. »

Le second lui dit :

« Tu avois à demander aux dieux que nos montagnes s'abaissassent pour qu'elles ne pussent pas nous défendre contre toi. Demande-leur aujourd'hui qu'elles s'élèvent jusques aux nues, pour qu'elles puissent mieux te défendre contre tes ennemis. »

Le troisième dit ensuite :

« Regarde le fleuve qui traverse notre contrée ; là où il est impétueux et rapide, après avoir tout renversé , il se dissipe et se divise au point que les femmes le traversent à pied. Mais si tu le regardes dans les lieux où il est doux et tranquille, il grossit lentement ses eaux, il est respecté des nations, et il arrête des armées. »

Depuis ce temps, ces peuples furent les plus fidèles sujets de la Bactriane.

Cependant le roi de Médie apprit qu'Arsace régnoit dans la Bactriane. Le souvenir de l'affront qu'il avoit reçu se réveilla dans son cœur. Il avoit résolu de lui faire la guerre. Il demanda le secours du roi d'Hircanie.

« Joignez-vous à moi, lui écrivit-il; poursuivons une vengeance commune. Le ciel vous destinoit la reine de Bactriane : un de mes sujets vous l'a ravie; venez la conquérir. »

Le roi d'Hircanie lui fit cette réponse :

« Je serois aujourd'hui en servitude chez les Bactriens, si je n'avois trouvé des ennemis généreux. Je rends graces au ciel de ce qu'il a voulu que mon règne commençât par des malheurs. L'adversité est notre mère, la prospérité n'est que notre marâtre. Vous me proposez des querelles qui ne sont pas celles des rois. Laissons jouir le roi et la reine de Bactriane du bonheur de se plaire et de s'aimer. »

Imprimé par D. JOUAUST

POUR LA COLLECTION

DES PETITS CHEFS-D'ŒUVRE

FÉVRIER 1875

LES

PETITS CHEFS-D'ŒUVRE

Nous donnons sous ce titre les petites œuvres des grands écrivains, ainsi que les petits chefs-d'œuvre d'auteurs dont souvent un seul ouvrage a fait la réputation.

Quoique cette collection ne doive comprendre que des ouvrages connus, néanmoins le luxe avec lequel elle est imprimée la destine encore à un public d'élite : aussi le tirage en est-il fait à petit nombre. Il est tiré en outre 60 exemplaires de choix, dont 30 sur papier de Chine et 30 sur papier Whatman.

La collection des *Petits Chefs-d'œuvre*, étant absolument identique à celle du *Cabinet du Bibliophile* pour le format et pour les conditions typographiques, peut figurer à côté d'elle dans les bibliothèques. Seulement, le tirage étant fait à plus grand nombre, le prix des volumes est moins élevé.

EN VENTE

Voyage autour de ma Chambre	2 fr. 50
Turcaret	3 fr. 50
Le Méchant	3 fr. 50
Ver-Vert, etc.	2 fr. »
La Servitude volontaire	2 fr. 50
Contes D'HAMILTON. I. *Le Bélier*	4 fr. »
— II. *Fleur d'Épine*	3 fr. »
— III. *Les Quatre Facardins* . . .	3 fr. 50
— IV. *Zénéyde*	3 fr. »
Voyage de Chapelle et de Bachaumont	2 fr. 50
L'Art d'aimer	2 fr. 50
Le Temple de Gnide. — Arsace et Isménie . .	3 fr. 50
Le Neveu de Rameau	4 fr. »

Mars 1875

www.ingramcontent.com/pod-product-compliance
Ingram Content Group UK Ltd.
Pitfield, Milton Keynes, MK11 3LW, UK
UKHW031908260826
14628UKWH00003B/1070

9 782329 576190